JN307005

ザ・万歩計

万城目 学

文藝春秋

ザ・万歩計　目次

5章

ザ・万歩計

The Manpokei
by Manabu Makime
Copyright © 2008, 2010 by Manabu Makime
Originally published 2008 in Japan by Sangyo Henshu Center Co.,Ltd.
This edition is published 2010 in Japan by Bungei Shunju Ltd.
with direct arrangement by Boiled Eggs Ltd.

Illustration
石居麻耶

Design
岩瀬 聡

「はじめに」にかえて　風が吹けばエッセイを書く

エッセイを書くことになった。

さて何を書こうかなとつらつら考えていると、内容に関することより、自分が連載エッセイを書くということについて、しみじみ思い始めてしまう。いやあ、えらいもんですなあとか、毎回ちゃんと書けるのかなあとか余計なことばかり浮かんで、なかなか肝心の中身がまとまらない。そのうち、いつかエッセイを書けるようになったら素敵だな、などと考えていた昔のことなどを順ぐり思い返し始める。そのときふと、自分がこうして文章を書くことになったきっかけって何だったっけ？　という疑問が沸き上がったのである。

記憶をたどってみると、なるほど小説を書き始めたきっかけは、あるにはある。それは自転車で道を走っていたら、とてもいい風が前から吹いてきて、ああ、気持ちよかと思いながら、「あ、この気持ちを文字に書き残さなくちゃいかん」と唐突に思ったことだった。二十一歳の秋のことである。

この阿呆みたいな出来事が確かに、私が小説を書き始めた直接的なきっかけである。だが、根本を成すものではないと思う。それまで、私は用もなく文章を書く習慣がなかった。それが、いくらいい風に吹かれたからと言って、部屋のワープロで突然小説を書き始めるというのは、さすがに無茶というものである。

そこで私はさらに記憶を遡《さかのぼ》る。

私の記憶は、高校二年生のときの、現代文の授業で停止する。

ある日のことである。現代文の先生が宿題を出した。「発想飛び」に関する宿題である。例えば「風が吹けば桶屋が儲かる」ということわざがある。風が吹くと、砂ぼこりが出て失明する人が増える、失明した人が弾く三味線の需要が増える、三味線に張るネコの皮が必要になりネコが減る、ネズミが増えて桶をかじる、桶屋が儲かる——ある出来事が思わぬ結果をもたらすことをたとえたことわざである。

先生の宿題は「風が吹けば花屋が儲かる」というフレーズについて、発想飛びを完成させよというものだった。プリントの一番上の枠に「風が吹く」と書いてある。一番下の枠に「花屋が儲かる」と書いてある。その途中に、五つか六つの空欄がある。そこを埋めて、「風が吹けば花屋が儲かる」のシナリオを完成させよというのである。

先生は「クラスで一番できのいい作品に褒美をあげます」と高らかに宣言した。生徒たちは俄然、勢いづいた。文章を書くのは誰もが苦手だが、こういう宿題は楽しい。しかも、もろに個人の発想が試される。これは負けられない。大阪の田舎の男子校で、俄《にわか》に創作熱が勃興した。

翌日、現代文の授業が始まる前の休み時間、教室では盛大に作品の見せ合いが行われた。いかに自分が荒唐無稽な、おもしろいものを作ってきたかをめいめいしきりにアピールしていた。

「どうよ、これ」

隣の席の男が突きつけてきたわら半紙を、私はどれどれと手に取った。紙面を眺めた私は思わず「わッ」と声を上げた。その内容は、ちょうど生物の授業で扱っていたことをタイムリーに反映したものだった。すなわち、風が吹くと、花粉が飛び、それがめしべの柱頭について、花粉管が伸びて、受精して、種子ができて、そこからまた花がたくさん咲いて、結果花屋が儲かる——というアカデミックな循環ストーリーが展開されていた。その作品が周囲でなかなかの高評価を得るなか、私は机の上に宿題のプリントをそっと取り出した。私が男のプリントを見て、「わッ」と叫んだのは、別に男の発想に驚いたからではない。その逆で、私の書いたものと男の内容とがほとんど同じだったからである。

こいつはいけない。脇目も振らず、私は消しゴムで鉛筆の字を消し始めた。書き方が少し異なる他人の作品を目の当たりにしたおかげで、私は客観的視点で己の題材を眺めることができた。私はそこにむやみに知識をひけらかす、自己満足的ないやらしさを嗅ぎ取らずにはいられなかった。こんな格好の悪いものはとてもじゃないが提出できぬ。私は必死で書き直しを始めた。

だが、授業と授業の合間の十分休みはあっという間に終わってしまう。じきに先生がドアを開けてやってくる。中途半端に消したため、黒ずんで汚らしいわら半紙に、ミミズのたくったような字を殴り書いた。何とか最後まで書き終えて、プリントを提出した。提出したあと、ああ、何て変なものを書いてしまったのだろうと思ったが、もはやあとの祭りである。

ところが一週間後、結果が発表され、私の書いた作品はクラスの最優秀賞に選ばれてしまった。

現代文の先生は、

「たいへんおもしろい内容でした。マキメはあとで職員室に来てください。賞品をプレゼントしますから」

とだけ告げて、その内容にはいっさい触れず、さっさと授業を始めた。私はポカンとしながら、その後の授業を聞いた。

私が書いた内容はこうだった。——ある夫婦がいた。夫が朝、会社に出かけた。だが、風がとても強く、電車が止まってしまい、夫は家に帰ることにした。ところが、帰宅すると、そこに見知らぬ男がいた。何だこいつは、間男なんぞこしらえやがってと夫が詰め寄ると、妻はぬけぬけとアンタのほうが間男よと開き直った。怒り狂った夫は、間男と妻を殺した。殺したあと、その死体を庭に埋めた。すると、埋めた場所に美しい花が咲いた。夫は花屋になって、その花を売り、みるみる大金持ちになった——こんな話である。今となっては、書こうと思っても書けない、ずいぶんダイナミックな話である。

どうして、たった五分の間に、こんな血なまぐさい話をわざわざチョイスしたのか、もはや自分でもわからない。私もそれなりに思春期の懊悩の狭間で、戦っていたということなのだろう。もっとも、今もって驚くのは、自分が書いた作品の内容ではなく、それを「おもしろい」と評価してくれた先生の度量の広さである。もしも今、私が先生と同じ立場にいたとしたら、こんなスプラッターな内容に賞をあげることはないと思う。

私はそれまで、「評価される文章」とはまったく無縁の人間だと思っていた。読書感想文や税の作文で、賞状をもらって朝礼で表彰されるような人たちの文章を読んで、こんなものは逆立ちしても書けないと思った。真面目で行儀のいい、よい子の文章こそが「よい文章」だと思っていた。なぜなら、実際に評価されるのはそういった文章ばかりだからである。

だが、私のどう見ても行儀のよくない文章が認められたとき、「ああ、こういうのでもいいんだ」と目からウロコが落ちる思いがした。別に、自分がおもしろいと思ったことを好きに書いたらいいのだと、急にまわりの壁が取り払われたように感じたことを、今でもはっきり覚えている。

放課後、賞品は何だろうと私はウキウキした気持ちで職員室に向かった。「おう、おめでとうさん」と先生がくれたのは漢字ドリルだった。聞いたことのない出版社名に、高校生でもすぐさま、出版社の営業が置いていったサンプル品だと気がついた。「元手ゼロですやん」思わず心の中でつぶやいた。ずるい大人の手にまんまと引っかかったと思った。

こうして昔の出来事を振り返ったとき、きっかけとはいかに偶然に作用されるものかと思う。

もしも、あのとき隣の席の男が私に自分の書いたものを見せなかったら、私は宿題の書き直しをしなかっただろう。先生に漢字ドリルをもらうこともなかっただろう。このときの経験を得ぬまま、数年後、自転車で風に吹かれたとき、私は果たして小説を書こうと思い立っただろうか？　答えは「ＮＯ」だと思う。好きなように書いたらいいんだよとあのとき教えてもらわなかったら、私は今も文章というものを誤解したままだったと思うのだ。

十五年前、現代文の先生が私の土壌に播いた種は、数年後、自転車に乗って風に吹かれたとき、突如発芽した。それからまた年月が経ち、私はこうしてエッセイを書き始めた。そのきっかけはやはり、「風が吹けば」の宿題にあったと思う。

「風が吹けばエッセイを書く」

ずいぶん途中は長く、紆余曲折も激しかったけれど、これもまた一つのれっきとした発想飛びだと思うのだ。

1 章

ニュー・ソング・パラダイス

壊れかけのRadio局

『やぎさんゆうびん』という歌がある。

常々、私がこの世で最もおもしろい歌の一つとしてマークしている楽曲で、気分がよい日和にこの曲を口ずさむと、宇宙の彼方へ連れてってくれるような心持ちになる、そんな名曲である。

歌詞はというと、みなさんご存知のとおり、

しろやぎさんから　おてがみついた
くろやぎさんたら　よまずにたべた
しかたがないので　おてがみかいた
さっきのてがみの　ごようじなあに

くろやぎさんから　おてがみついた
しろやぎさんたら　よまずにたべた
しかたがないので　おてがみかいた
さっきのてがみの　ごようじなあに

（詞　まど・みちお）

というものである。届いた手紙を食べ、その内容を訊ねる手紙を出す、それを命の限り続け合う、という魂のやりとりを綴った歌だ。

ここで、くろやぎさんが届いた手紙を食べてしまうのは百歩譲って認めるとして、しろやぎさんが返信の手紙を食べるのはおかしいだろう、だって用事があって手紙を出したのは自分なんだから、などという野暮な指摘をしてはいけない。

何せ、やぎさんの話だ。例えば、金魚の脳は、三秒前の出来事しか覚えていないという。小さな金魚鉢のなかで、二匹の金魚がすれ違う。三秒経って、ふたたびすれ違っても、二匹にとっては、すべてが新鮮なファースト・コンタクトなのである。

三秒毎、金魚鉢で金魚は新たな出会いを続ける。やぎさんだって、手紙が返ってくる頃には、ことの顚末などとうに忘れ去っている。ゆえに、しろやぎさんとくろやぎさんは、懲りもせず送られてきた手紙を食べ、律儀にまた手紙を出す。ひたすらそれを繰り返す。その様子はもはや自然の摂理である。

この無限のやりとりを想像していると、私の頭のなかに、いつしか円のイメージが重なっていく。やがてそのイメージは、らせん構造を描きだし、次第に銀河の渦巻きへと姿を変え、最終的には、永遠の大宇宙にまで昇華してしまう。こんな気持ちにさせてくれる歌は、世に二つとない。おそるべし、『やぎさんゆうびん』。

かように歌というものは、実に奥深く、人の想像力を彼方にまで羽ばたかせてくれる。しかし、一方であまりに魅力的ゆえ、集中して他のことをしたいときに、かえって邪魔になってしまうものでもある。

例えば、私は執筆の作業をしているとき、日本人アーチストの曲をかけない。歌詞が聞こえてくると、どうにも集中できないからである。よしんば、お気に入りのＣＨＡＧＥ ａｎｄ ＡＳＫＡなどがかかろうものなら、聞こえてくる歌声に合わせ、私の執筆部屋はＣＨＡＧＥ＆ＭＡＫＩＭＥ＆ＡＳＫＡのライブ会場と化してしまうだろう。ＡＳＫＡの野太い旋律に、ＣＨＡＧＥの繊細なハモリ、そしてＭＡＫＩＭＥの変幻自在のパートチェンジ。もう忙しくって仕方がない。まるで仕事にならない。

かといって、歌詞がなければいいというものでもない。あまりにスローなテンポの場合、うっかりすると勝手に歌詞をつけて、歌っているなんてこともある。例えば、ドビュッシーの『亜麻色の髪の乙女』という曲がある。階段を三段飛ばしで、上ったり下りたりするような感じが私は好きなのだが、気がつけば曲のメロディに、「きょーうのばーんごはーんはいったい、何じゃろなー、母さん」などという歌詞をくっつけて歌っていたりすることがある。我ながら、なかなかのフィット具合を自負していて、毎晩これを、会社から帰ってきた世のお父さんがお母さんに歌って聞かせたら、熟年離婚のパーセンテージが激減すること請け合いだと思っている。ああ、みなさんに実演できないのが、非常にもどかしい。

こんな調子なので、私が執筆の作業中にBGMとしてかけられる曲は必然、限られてくる。歌なら洋楽となるが、うるさくても集中できないので、もっぱらテンポの速いジャズあたりが無難なところとなってくる。

といっても、私はジャズのことなんて、ほとんど知らぬ。そこで登場するのが、FMラジオだ。夜九時になると、私はラジオのスイッチを入れる。それから朝まで、ラジオをかけ続ける。メジャー局ではなく、地域のコミュニティ放送局が私の指定チャンネルである。この局は夜の九時を回ると、DJが登場する番組が終了し、ひたすら朝までジャズを流し続けるのだ。

毎晩お世話になっておきながら恩知らずの発言だが、このコミュニティ・ラジオがとにかくひどい。いったい、深夜、延々流れるジャズやオールディーズを何人が聴いているのか知らない。だが、「どうせ誰も聴いていないだろう」というスタンスがありありと伝わってくるのだ。例えば、深夜二時、突如として曲が止まり、ラジオのスピーカーから「ツ・ツ・ツ・ツ・ツ……」という音が聞こえてくる。そう、CDが読み取れず、音が引っかかっているのである。いつまで待っても元に戻らない。仕方がないので、風呂に入る。風呂から上がっても、「ツ・ツ・ツ……」している。どうしようもないな、と思っていると、突然、曲が流れ出す。おそらく異常に気づいた関係者が、CDの早送りボタンを押したのだろう。「ツ・ツ・ツ……」が始まってからの時間は、関係者が家で起きてラジオ局に向かうまでの所要時間だったのか。

ひどいのは、夜だけではない。朝の七時になって、DJが登場すると、ラジオの傍若無人ぶりはいよいよその度合いを増す。この朝イチ担当の女性DJがとにかく嚙む。おそらく原稿用紙一行に一度は嚙む。人間、仰向けに固定されて、眉間に水滴を垂らし続けると、いつか気が狂うと言うが、一行に一度嚙むのを聴かされ続けても、ほどなく気が狂うと思う。現に私は十分と保たず、いつもラジオを消してしまう。

八時になり、落ち着いた声の男性になると、少々嚙み具合はマシになる。地域のコミュニティFMだけに、市長との車座対話集会のお知らせとか、体育館の開放情報とか、本日、競売に出される差し押さえ物件のジャガーが簡易裁判所横のガレージに停めてあるので、興味がある方はぜひご覧になってください、最低落札価格は九十万円から、ただし車検は切れているのでご自分で登録を——等々、身近なニュースが目白押しである。

その他の時間も、もちろん油断はならない。誰かがしゃべっている最中に突如CMが入る。ゲストで登場した、役所の防災課のおにいさんが、防災意識について語っている最中に問答無用で曲がかかる、と思ったら途中で次の番組になる。おそらくすべて「事故」としてカウントされてもおかしくない事象を、惜しみなく連発しながら我が地域のコミュニティFMは今日も放送を続けている。

不満は山ほどあれど、「CMなし、トークなし」の深夜のジャズタイムが目当てで、結局今夜も、私はラジオのスイッチを入れる。四月を迎えても、未だ流れるクリスマス・ソングに、さすがにこれは何とかならんか、などと思いながら。

先日も、このコミュニティFMを聴いていたら、ボサノバがかかっていた。初めは洋楽かなと思っていたが、どうやら日本語のようである。なぜか妙に気になってボリュームを上げたら、

サボテン　もろてん　食べてん　しもてん

という歌詞が聞こえてきた。何と大阪弁とボサノバとは相性が合うのだろうと感銘を受けながら聴いていたのだが、間奏が終わり流れてきたのが、ふたたび「サボテン　もろてん　食べてん　しもてん」だった。

結局、一曲すべて「サボテン　もろてん　食べてん　しもてん」で、それ以外の歌詞はなかった。もちろん曲が終わって、ＤＪが曲名を紹介するなんて気配りはない。それどころか、締めのトークの最中で、ジングルが鳴りだし、強制終了させられる始末である。

それから一日経っても、二日経っても、『やぎさんゆうびん』をどこか彷彿とさせる、シュールな歌詞が頭から離れない。『やぎさんゆうびん』のような無限構造ではないが、もらったサボテンを食べるのは、手紙と同様に大問題である。しかも、一曲のなかで何回、食べたことか。これはただごとではない。

私はパソコンを立ち上げ、さっそくインターネットで検索を開始した。

何という便利な世の中か。歌詞を入れて検索をかけたら、あっさり該当する曲に引っかかった。

私はきっと歌のタイトルは『サボテン』だろうな、と目星をつけていた。しかし、ピカリズモなる大阪のインディーズ・バンドが歌う、この曲のタイトルを見たとき、「やられた！」と叫び、ついで「そりゃ、そうだ」と大いに得心した。

タイトルは――『おなかのはり』。

愛しのビリー

十年以上も前の出来事である。

当時、浪人生だった私が予備校帰りに大阪難波の道頓堀を歩いていたとき、向こうから異様に頭の大きな人間が歩いてきた。およそ距離にして百メートルはあろうかという地点から、私はその人物の尋常ならざる頭の大きさを認識していた。そして、三十メートルの付近で、私はその人物が西川のりおであることに気がついた。デカかった。あんな大きな頭の持ち主は、世の中『Ｄｒ．スランプ』の栗頭《くりがしら》先生か、西川のりおくらいのものである。

それから半年後、私はビリー・ジョエルのコンサートに行った。大阪城ホールの照明がふっと消え、一斉にバンドが音を奏で始め、ビリーの登場を前に会場は大きな盛り上がりに包まれる。やがて、歓声とともにステージ中央部にある隠し階段からゆっくりとビリー・ジョエルが登場した。高校一年生のときから猛烈なビリー・ファンになり、真似がしたくて楽譜を買ってピアノの練習を一から始め、この日の公演を会場の誰よりも待ち焦がれていた私。にもかかわらず、ずんぐりむっくりしたビリーがステージに登場した刹那、私はこう思った。

「西川のりおじゃないか」

そうなのだ。白人とは思えぬ短軀および短足、特筆すべきはその頭の大きさ。ステージに現れたシルエットはまさに、半年前、私が道頓堀で見た西川のりおそのままだった。もしも、私が客席最後尾から観賞していたならば、西川のりおがビリーお気に入りのジーンズ&濃紺ジャケットを纏《まと》って登場したとしても、まったく見破れなかっただろう。そのとき、周りが「ビリー!」「キャー、ビリイィ!!」と大きな歓声を上げるなか、私が思わず「のりおおぉぉぉ!」と叫んでしまったことは言うまでもない。

今年(二〇〇六年)の年末、愛しのビリー・ジョエルが日本ツアーにやってくる。エルトン・ジョンとのジョイント・コンサートで日本に来たのが八年前、ソロでの来日は私が観に行ったコンサート以来十一年ぶりになるらしい。

コンサート会場で、サプライズで西川のりおをステージに上げたりしたらおもしろいのになあ、などと私は勝手に思う。もっとも、逆サプライズで吉本新喜劇あたりに、ビリー・ジョエルがオバQメイクで出て、誰も西川のりおと疑わなかったときは、ちょっと笑えない。

ニュー・ソング・パラダイス

風呂桶につかって、ハナウタを奏でながら天井を眺めていたとき、ふと重大なミッションを授かった。

そのミッションというのは、実に世界的な規模のもので、人類の叡智を記録媒体に封印し、それを宇宙に放とうというものである。

世界最大規模の大容量メモリーに、人類の記憶の総決算とも言うべき、さまざまな情報をデジタル処理して送りこむ。最先端の科学技術、人類の歴史、世界の言語、世界地図、世界の通貨、まだ証明されていない数学の予想問題、絵画、彫刻、建築、映画、オリンピック・レコード、ミックスジュースのレシピ——ありとあらゆる情報がそこに詰めこまれる。

世界じゅうから集められた賢人たちを中心に、このミッションは順調に進められていた。ところが、ロケットにメモリーを搭載し、打ち上げを近日に控えたとき、ごくごく微細な問題が発生した。メモリーにほんのわずかな空きが生じてしまったのである。

対処法が協議された結果、このままメモリーを使わないのももったいないので、誰ぞの個人的嗜好を取り入れようということになった。世界的プロジェクトという性格上、個人というファクターを極力排し、全人類的情報を優先してきたが、最後にちょっとだけ、一〇〇％個人的な嗜好をとりこんでしまおう、と賢人たちがイタズラ心を起こしたのだ。

その決定が下されたとき、私は風呂桶につかりながら、由紀さおり・安田祥子による『トルコ行進曲』を、一人奏でていた。

「タバディ、タバディバディ、タバディバディ」

と私がご機嫌で、『トルコ行進曲』のスキャット演奏に精を出していると、どういう方法か知らぬが、突然、賢人が語りかけてきた。かくかくしかじかの理由で、メモリーが少し余ってしまったから、貴君がその余分を埋めてみないか？　と賢人は持ちかけてきたのである。

「言うまでもなく、このプロジェクトは、広大な宇宙空間のどこかに存在するかもしれぬ、高等生物との文化交流を目論《もくろ》んだ壮大な実験である。ゆえに、できるだけバリエーションに富んだ情報を、宇宙に送り出したい。

そこで貴君である。ぎりぎり〝若い〟部類に入るにもかかわらず、貴君は朝起きるなり、井上順の『お世話になりました』を口ずさんでみたり、かと思ったらアニメ『キャプテン』のオープニングを歌ったりと、どうにも脈絡がない。そこで貴君が好き勝手に選択した曲でもって、メモリーを埋めようという運びに相成った。

　ついては、貴君に思う存分、曲をチョイスしてもらいたいのだが、一つだけ条件がある。先述のとおり、メモリー容量は残りわずかである。加えて、このプロジェクトは〝多様性〟を求めている。よって貴君が採用できる音楽情報は、一アーチストにつき一曲、さらには一曲につき一小節だけに留めてほしい」

　私はしばし考えたのち、おもしろそうだ、と湯気がゆらめく天井に向かって承諾した。ご協力に感謝する、どうかバラエティに富んだ楽曲を選んでくれ給え、と残して、賢人からの交信は終了した。

　風呂桶より出て、私は身体を洗う作業に入った。頭のなかではさっそく、宇宙空間に放つべき、人類遺産としての楽曲選定が始まっている。ふと石鹸を泡立てながら、黄桜の「やっぱっぱー」のCMソングを思い浮かべてみた。どの部分も軽快ですこぶる楽しい。ここから一小節だけ選べというのは、ずいぶん酷なオファーだぞ、私は早くもミッションへの困難を感じつつあった。

　たとえばＴＲＦなら、私は『BOY MEETS GIRL』のＡメロ部分にやってくる、

「それぞれの」

という軽快な一小節が、全ＴＲＦの作品のなかでいちばん好きだ、と即座に断言できる。だが、すべてのアーチストに関し、そんな都合よい一小節があるはずもない。

どうやら、これは腰を据えて取り組む必要があるようだ。〝多様性〟の精神に基づき、私はまず懐メロ方面から記憶を探ることにした。身体を洗う手を止め、耳をすます。馴染みある曲が、次から次へ浮かんでくる。懐メロゆえ、『レコード大賞』、『夜のヒットスタジオ』、『ザ・ベストテン』等、懐かし映像が自動的にくっついてくる。それらをフラッシュ・バックさせながら、私はふとある法則に気がついた。脳裏のスクリーンに、いずれも往年のスターたちが、口を大きく開け、声を連続的に発しているシーンばかり映しだされることに気がついたのだ。

すなわち、たとえば尾崎紀世彦の場合なら、『また逢う日まで』の、

「ふたりでドアをしーめーてー」

の最後の「てー」のところで、大きく口を開け、マイクを豪快に離しているシーン。和田アキ子なら、「町はいーまー」の「まー」のところで、これまた気持ちよさげにマイクを離しているシーン。

ここにきて、私はハタと困惑した。私が一曲より抽出できる猶予は、たったの一小節である。ところが、古今問わず、あれこれ好きな曲を思い返した結果、印象深かったシーンは、どれもアーチストが気持ちよさそうに、声を伸ばしているところばかりなのだ。

言い換えると、歌い手が気持ちよく声を伸ばせるところが「サビ」であり、その歌の肝ということなのか。

だが、いくら歌い手聞き手ともに心地よい「サビ」の部分とはいえ、その一小節のみピックアップしたらどうなるか？　いきなり「つーーー」という歌声が始まって、プツンと途切れる。どうしてそれがＫＡＮの歌う「必ず最後に愛は勝つー」の、伸ばした「つ」の部分だったと認識されようか？

スローなテンポの曲の場合、さらに事態は複雑だ。布施明の『マイ・ウェイ』なんて、どこも伸ばして歌っていて、あれだけゆったり熱唱されると、もはや「ここならわかる」という一小節を見出すのすら困難である。さらには、私が心より愛するＡＳＫＡに至っては、普通に歌っていても、あの個性的な粘りある歌声ゆえ、伸ばしているように聞こえてしまいそうだ。

考えれば考えるほど、ミッションは困難にあふれているように感じられた。それでも、私は身体の石鹸の泡を流し去り、風呂桶に戻って、〝これぞ〟の一小節を選んだ。いつしかこのチョイスが、何光年も離れた場所で、高度な知能を持った生命体の聴覚に感動とともに触れることを期待して。

それから四千年後。

ある日、草原に見知らぬ物体が墜落しているのを、家畜の世話をしていた少年が発見した。近づいてみると、地面に少年の頭ほどの黒い球体がめりこんでいた。

それはかつて賢人たちの手によって、二千年間宇宙を放浪したのち、ふたたび二千年かけて、地球に戻ってくるようプログラミングされた二十一世紀の遺物だった。人類の夢むなしく、打ち上げたロケットは、ひたすら無人の宇宙空間を四千年かけて往復したのだが、今やその由来を知る者は地球上に誰一人いなかった。

少年は手にした杖で、地面の物体におそるおそる触れた。プシュウという音とともに、突然、球体が二つに割れた。同時に、何人もの人の声が一斉に聞こえてきて、少年は思わず後ずさった。それは二十一世紀のありとあらゆるあいさつだった。もちろん、四千年後の少年には、何ら聞き慣れぬ音だった。

球体の内部にはめられたディスプレイが、当時の科学技術の水準を次々披露したが、少年は動く絵にいたく興味を惹かれども、その内容に関しては何ら理解していない様子だった。

そのとき、ディスプレイ脇のスピーカーより、音が聞こえてきた。四千年後の世界に、歌はなかった。そもそも文明は二千年以上前に消滅し、言葉すらも失われようとしていた。

ゆえに、少年が耳にしたものは、風の音とも、雨の音とも、ヤギの鳴き声とも違う、これまで聞いたことのない不思議な調べを醸し出していた。

「うぉーうぉーうぉー」　（長渕剛『とんぼ』）

「のーーー」　（細川たかし『北酒場』〝北のー〟の「の」）

「ツアァ」　（アリス『冬の稲妻』〝You're Rollin' Thunder〟後の「ツアァ」）

「ヤー　ヤー　ヤー」　（CHAGE and ASKA『YAH YAH YAH』）

「ヤ、ヤ、ヤ、ヤ、ヤ、ヤ」　（少年隊『仮面舞踏会』）

「たーー」　　（安室奈美恵『CAN YOU CELEBRATE?』〝こわかった〟の「た」）

「うぉーうぉーうぉっうぉー」　　（『六甲おろし』）

「あ〜あ〜」　　（美空ひばり『川の流れのように』）

私が宇宙の彼方に向け発信した一小節の歌声集が、草原に果てなく奏でられた。その朗々たる歌声の連続は、さながら『ニュー・シネマ・パラダイス』のエンディングのよう。草原に吹き抜けた、四千年のときを超え届いた贈り物に、少年の目にはいつしか涙があふれ出していた――わけがない。

ああ、阿呆なことをつらつら考えてしまった、と私は湯のなかから手を出した。気持ち悪いくらい、指の腹がふやけていた。

「ちゅうちゅうタコかいな、ちゅうちゅうタコかいな」

十数えて、風呂から出た。

fromチェリー to CHE.R.RY

　スピッツの『チェリー』を聴くと、決まって二十歳の春を思い出す。京都の賀茂大橋から見た、賀茂川沿いに咲き誇る桜の帯を思い出す。
賀茂大橋を自転車で渡っていたとき、ふと賀茂川の上流に目を向けると、土手をピンク色のかたまりが、もやのようにどこまでも連なっていた。私は思わず自転車を停め、呆然とその風景を眺めた。

　妙な話だが、それまで私は、桜並木というものを見たことがなかった。住居周辺、および通学路に桜並木がなかったからだ。それでも、どうやら桜は美しいものらしいぞ、という予感は、そこはかとなく抱いていた。かといって十代の男が、春になったから桜を愛《め》でに行こう、という具合にはならない。小学生のとき、有名な大阪造幣局の桜の通り抜けに行ったが、桜の記憶はない。六列縦隊で展開される、屋台の規模の大きさにひたすら圧倒された覚えがあるのみだ。

それだけに、賀茂大橋からの眺めは衝撃的だった。その瞬間、私はまさに桜を「発見」したのだ。

翌日から、賀茂川まで自転車を駆って、桜を観賞するのが日課となった。遠くから眺めたり、真下から見上げたり、何本か重ねたり。夕暮れどきには、この下には死体が埋まっているのだろうか、と想像し、近くでじっと見ると、桜とは花が十ほど寄せ集まり、それが塊となって、あちらこちらで重なり合う構造であることを知り、案外生々しい造りだな、と少し眉をしかめた。

私は飽きもせず、花が散るまで毎日通い詰めた。出町柳《でまちやなぎ》の「ふたば」で花団子を買って、桜の下で本を読む。風が吹くと、花びらが雨となって降り注ぎ、土の道を小魚が群れるように、花弁がころころと転がっていく。

私のなかで、あの二十歳の春の風景が、一等美しい京都の記憶だ。そのときラジオでは、スピッツの『チェリー』がかかっていた。今でも『チェリー』を聴くと、目の前にふわっと賀茂大橋から見たピンクの雲が蘇る。あのときの空気が、濃密に胸のなかで熱を持って、沸き立つ。

あれからざっと十年が経ち、私は最近、ＹＵＩの『CHE.R.RY』ばかり聴いている。歌の主人公が、「好きなのよォ」と正直に歌い上げるところが、たいへん楽しい。世の中の十八歳が、この曲を聴きながら、これからとんでもないことが起こりそうだ！　という、あのわけのわからぬわくわくを胸に、大学生活をスタートさせているのかと思うと、何だかうらやましくて仕方がない。

別にタイトルを発音すると「チェリー」となるだけで、この二つの曲の間には何の関連性もない。ただ、十年というときが経って、ふたたび私が、春を迎え好きになった曲というだけである。

「十年一昔」と言うくらいで、十年というのは、記憶を整理するうえで、実に区切りがいい。英語でもわざわざ十年間という意味のために「decade」という単語がある。単に十進法を用いるがゆえの、ケタの変化というだけではなく、人間の長期的な時間感覚のなかで、ちょうどよい期間なのだろう。

そこで私は考える。

体内時計といえば、一般に一日単位で考えられている。しかし、ここで私は主張したい。ヒトが持つ体内時計は、果たして一日単位のものだけだろうか？　答えはノンである。人間は一日単位で行動するがゆえ、その存在がクローズ・アップされているだけで、実際は十年単位バージョンだって存在するのである。私はこの主張を、超ひも理論に関する最新の学説「M理論」に倣い、「b理論」とここに銘打つ。

では、なぜ「b理論」なのか？

それは「b」という文字が、私にこの理論の存在を知らせてくれたからである。

私には、これまで二度遭遇した「b」がある。この「b」は普通の「b」ではない。「6」に見間違えられるという運命のもとにあった「b」だ。

現在、「?」が読者のみなさんの頭のなかで、一斉に点灯していると思われる。なので順序よく説明していきたい。

この特別な「b」との出会いは、私が高校三年生の大学受験のときに遡る。

今でもはっきりと覚えている。私は二次試験の数学の問題で、自分が書いた「b」を「6」に見間違えるという痛恨のミステイクを犯した。

私は流暢に英語を書けるわけでもないのに、筆記体で綴ることが阿呆らしくて、中学生の時分より、ブロック体でアルファベットを綴る習慣を持っていた。およそ六年間にわたる、ブロック体アルファベットとの付き合いのなかで、私は一度たりとも、自分が書いた「b」を「6」に見間違えたことなどなかった。ところが、よりによって大学受験の当日、私はその過ちを犯した。一問三十点の問題だった。「b」を「6」と見間違えたため、「a＝b＋3」の関係式は「a＝9」と化し、結果「c＝2a」の関係式は「c＝18」と化した。

私はこの年の大学受験に失敗した。予備校生活が始まり、母校の高校を訪れたとき、私は受験の成績を教えてもらった。私の成績は、合格最低点まで四点足らなかった。「b」を「6」にしたため、「b」を筆記体で書かなかったため浪人した——とは、鬱々とした予備校生活を送る十八歳にとって、かなりしょっぱい真実だった。

その後、私はブロック体の「b」を幾度となくノートに書き記したが、それを「6」に見誤ることなど決してなかった。どうしてそんなことをしてしまったのか、受験での一件を思い出すたび、つくづく不思議に思った。

ところが、あの大学受験から十年が経ったある日のこと。私は唐突に、人生二度目のミステイクを犯してしまった。小説家を目指し、無職を貫くかたわら、簿記の資格試験に向け、問題集に向かっているときだった。工業簿記分野の仕掛品の計算で、私は連立方程式を用いて問題を解いていた。途中、つじつまが合わぬことに気づいた私は、最初から式の展開を読み返した。そのとき、ある行から突如、「b」が「6」に変身していることに気がついたのである。

私は慄然とした。計算中、私はまったくその変化に気づかなかった。自然に、まさしく息をするように、私は「b」をそっと「6」へと変身させていた。十年という歳月を経て、突如として繰り返されたこの行為に、私はふと、「これは体内時計の為《な》せる業《わざ》ではなかろうか」と思った。「b理論」誕生の瞬間である。

確かに公式記録では、一度目は十八歳の冬とされるが、きっと八歳のときも、私は「b」を「6」と読み間違えたのだと思う。たとえば香港映画『ミスターboo』を「ミスター600」に読み違え、親に「ミスター600見たい」とねだるも、親からは

「何だ？　長嶋の名前がついた新幹線でもできたのか？」と勘違いされ、けんもほろろに突き返されていたとか。

　ならば私は、三十八歳になったとき、人生三度目の「b」と「6」の読み違いをする。次は四十八歳、その次は五十八歳、次は六十八歳だ。七十八歳のときに七回目の間違いをしたときは、孫を大勢呼んでお祝いをしよう。八十八歳を迎えられなかったときは、戒名に「b」を入れてくれと遺言書に書いて、残った人たちを困らせよう。

　そんな十年単位の体内時計の存在を認める「b理論」を、私はYUIの『CHE.R.RY』を聴きながら訴える。別に腹が減ったり、目が覚めるだけが、時計の役割じゃない。あなたが小指を柱のへりにひっかけてうめくのだって、ひょっとしたら「b理論」の範疇なのかもしれないのだ。六十三日十三時間二十六分時計とか。

　先日、夏目漱石の文庫本を読んでいたら、本のページの間にピンク色の桜の花びらが挟まっているのを見つけた。

　それは二十歳の春に、私が賀茂川の土手で読んだ本だった。私は降ってきた花弁をそのままに本を閉じていたのだ。実に約十年ぶりに、私はその文庫本を開いたことになる。花びらを少しつまんだあと、私はそれを元の場所に戻した。そして、ある予想をした。

　十年後、私はまた、この夏目漱石の文庫本を開く。花びらを見つけ、十年前と二十年前の出来事を思い出す。きっとそのとき、春を歌ったとてもいい曲がヒットしている。キーワードはもちろん、「チェリー」だ。「智恵理」という演歌の可能性もあり得る。それまでに、私は一度だけ「b」を「6」に読み間違えている。

これらのことにひととおり思いを巡らし、私は花弁をそのままにページをめくる。

そしてまた十年後、私は夏目漱石の文庫本を開いて――。

タイムスリップしてみたら

ときどき、昔にタイムスリップしたらどうしよう、と思うことがある。昔といっても、戦国時代や飛鳥時代といったあたりじゃなく、ほんの二十年、三十年前がいい。

映画などで「タイムスリップもの」が撮られる場合、過去の知識を利用して、「労せず、大金をつかむ」ことを目論む登場人物が、必ずひとりは出てくる。例えば、結果を知っている過去のレースの知識をもとに、ギャンブルで大儲けする、とか。『バック・トゥ・ザ・フューチャー2』では、ビフが現在進行中の試合結果が載った未来のスポーツ年鑑を手に入れ、それを使って大儲けするが、まさにあの手だ。

私も昔にタイムスリップしたなら、ぜひ大金持ちになりたい。プラザ合意、NTTの民営化に伴う株式上場など劇的な節目を利用してしこたま稼ぎ、オグリキャップを支持し続けさらに稼ぐ。サッカー・ワールドカップのたびに、海外ブックメーカーで優勝国をベットするのもアリだろう。ブリキのオモチャやソフビ人形を回収しまくり、『開運！なんでも鑑定団』の誕生を待つ、というのも風流である。

なるほど、確かにこれらのことを真面目にこなしたら、あっという間に大金持ちになれそうだ。だが実際に過去にタイムスリップしたとしても、私はきっとこのようなやり方は取らない。なぜなら、株やギャンブル等、「価値の変化」に目をつけて一攫千金を果たしたところで、単に預金通帳の残高が増えるだけだからである。

やるなら私は、もっと悪辣《あくらつ》な手段に及ぶ。重要なのはお金ではない。社会性なのだ。たとえ過去を訪れたとしても、「社会の一員」という人間の根本は何ら変わるものではない。例えば、タイムスリップした過去で、一生働いても稼げないほどの金額を楽々手に入れたとしよう。では、その後どうするのか？　いくら趣味や遊びに無制限にお金を使えたとしても、モチベーションには限界がある。人生今や七十、八十年。三十歳でタイムスリップしたとしても、あと四十年遊び続けなければならぬ。これはきつい。かといって豪邸でぽつねんと過ごすのは、もっときつい。きっと暇を持てあました当人は、日常的な活動を始めるだろう。だが、経済活動を営む必要はもうない。事業を起こし、真面目に利殖に励まずとも、過去の知識を活かして、ドーンと五倍十倍に容易《たやす》く資産を増やすことができてしまうからだ。

では、もしも資産額が何ら優位に反映しない活動を、ゼロから始めたらどうなるか。

例えば、陶芸とか。思うようにならぬ土を相手に、ろくろを回しながら、時間旅行者ははたと気づく。

「別にこれでは、こっちに来なくても同じじゃないか」

こんなことをするため、あらゆる人間関係を切断して、過去にひとりぼっちでやってきたわけではない。そのとき、彼は理解する。重要なのは、お金ではない。社会とのつながり、すなわち社会性であると。

そこで、悪い悪い私が一計を案じる。

仮に私が三十年前にタイムスリップしたとしよう。

「おお、オート三輪車！　ハイライトがひと箱百二十円！」

などと感嘆しつつ、私がまず向かうのは音楽スタジオだ。そこで、私はスタジオで遊んでいるバンドに声をかけ、彼らの前でハナウタでふんふん一曲奏でる。それを譜面に起こしてもらい、バンド演奏してもらったものを録音する。これら録音テープを数本作ったのち、私はそれをレコード会社に送りつける。

しばらくすると、レコード会社から熱いオファーが届く。みなさん揃って、何て斬新な歌だ！　新しい時代の波だ！　と興奮しきりだ。そりゃそうである。送ったテープのメロディはどれも、それから数年後、実際にミリオン・セラーを記録するものばかりなのだから。

そう、私の頭の中に網羅された、八十年代、九十年代のビッグ・ヒット・ナンバーの数々。それらのご機嫌チューンの記憶を、「変幻自在の音楽センス」に化けさせて、私は音楽界に殴りこむのだ。

このやり方が、ギャンブルで一攫千金を狙うのと大きく異なるのは、大金持ちになると同時に、社会的地位を得ることができる、という点である。もしも、アイドルの曲を作れば、たくさんのかわいい女の子と出会える。もやっとした前髪や、太い眉、ナチュラルメイク発明前夜の化粧方法、今や死滅したブリッ子話法等に慣れるまで、しばらく時間がかかるかもしれないが、まあ構わない。

こうして、私はちゃっかり金も名声も女も得てしまう。「待ってろ、レコード大賞」との声も勇ましく、私は明日もヒット曲を量産だ——。

さてさて、長い前置きであった。

曲がりなりにも作家を生業《なりわい》とし、著作権というものを誰よりも大事にしなければならない立場にもかかわらず、他人様の著作権を、歴史を遡り抹殺するような行いに想像を膨らますとは何たる横暴。さらにはそれを金儲けの道具にしようなど、何たる破廉恥。

どうか、どうか、ご容赦を。

もちろん、それらは重々承知のうえで、私がこのような野蛮な〝もしも〟を想像せざ

るを得なかったのは、どうも私の記憶のなかに、

「この世に存在するはずのない二曲」

がインプットされているからなのだ。

どういうことかというと、私は以前より「すこぶる名曲」として、心に深く刻んだ二曲がある。だが、問題はその曲をこの二十年ほど、どこでも聞いたことがない、ということだ。

一曲目は、ちょっとレトロな雰囲気なれど、アップテンポなリズムが楽しいチューン。感じとしては「六十年代にビートルズに衝撃を受け、バンドを結成した人たちが作った」ような曲である。きっと、歌っている映像が残っていたら白黒だと思う。

二曲目は、いかにも大瀧詠一メロディである。大瀧詠一の『君は天然色』とアリスの『今はもうだれも』を、合わせたような感じ。それでいて声は『ルビーの指環』の寺尾聰のような、普通に歌っているのに処理がかかったように聞こえる声質で、しっとり、表面を撫でるように歌い上げる。

ともに歌っているのは日本人である。もっとも、歌詞は覚えていない。特筆すべきは、そのメロディのよさである。実にいいメロディなのだ。それなのに、これほどかつてのヒット曲の再利用がさかんな昨今にもかかわらず、小耳に挟む機会すらない。かれこれ二十年ばかりない。いったい、これはいかなることか？

時期は正確ではないが、少なくとも小学校高学年の頃から、

「あの曲、いい曲だなあ、何ていうのかなあ？」

という不明曲リストに、私はこの二曲をエントリーさせてきた。中学から高校、大学へと進学し、徐々に見聞が広まるにつれ、出自不明だった曲は次々とその正体を明らかにしていった。ポール・マッカートニー、ジョン・レノン、ビリー・ジョエル、弾厚作、筒美京平、大瀧詠一……、幼い頃より心に残っていた曲は、得てしてスターや有名な作曲家が残したものだった。

しかし、大学をそろそろ卒業する頃になっても、この二曲は頑迷に正体を明かすことを拒絶し続けた。ほんのわずかな手がかりすら、与えようとしなかった。痺れを切らした私は、ついに受け身の姿勢を捨て、攻めの調査に入った。恥ずかしいのを我慢して、両親にハナウタでこの二曲を聴かせた。「え？　もう一回」を五度くらい繰り返されたのち、結局「知らん」と突き放された。親の前ですらこの恥ずかしさだ。見知らぬCD屋の店員の前などで、奏でられるはずもない。そこで私は、先に紹介したうち、二曲目に関し、

「ひょっとしてこの人が歌っているのではないか？」

と考えられるアーティストのCDを借りて、検証してみることにした。大瀧詠一と寺尾聰とアリスのベスト盤をそれぞれ数タイプ借りて聴いた。あれほどの秀逸なメロディ

である。ベスト盤に含まれていないはずがない。

結果は言うまでもなく空振りだった。カラオケで誰かがアリスの『冬の稲妻』を歌うとき、谷村新司のタイミングで「You're Rollin' Thunder」のあとに「ンアァ……」を入れられるようになったことが、唯一の収穫だった。

いつか、どこかで耳にして、誰の歌かわかる日が来るだろう。そのときはすぐさまレコード屋に走り、曲を購入、踊り出したいような気持ちとともに全曲を聴くのだ——と思い始めてから、いつの間にか二十年が経った。未だ、私ははっきりとそのメロディを覚えているし、すぐにバックの伴奏などをごちゃ混ぜにして、口ずさむことができる。それでも、いつまで経っても、これらの曲に出会うことができない。ゆえに、いつしか私は、こんなことを思うようになった。

「これって未来の曲なんじゃないの?」

前述のように「タイムスリップしてみたら」とぐるぐる想いを巡らせているとき、ポンと副産物のように、この考えは飛び出した。

もしも、この曲の記憶が私の空耳であったとする。そもそも存在しないメロディを、勝手に昔聴いた曲だと思いこんでいたとする。ならば、この曲は、私のオリジナル・ナンバーということになりはしないか。しかも、ヒット間違いなしの極上のメロディだ。これはまさしく、未来より過去へ向かった人間が、見知った曲で一旗あげてやると心に決めた前の状態とウリ二つではないか。

このことに気づいたときから、私の胸は密かにドキドキしている。宝物を二つこっそりと両のポケットに隠しているような気分だ。

いつか機会があったら、私は作曲してみる。ハナウタで歌った二つのメロディをプロの人に編曲してもらって、歌の上手な人に歌ってもらう。

そして、私は世間の評判を待つ。ついでに裁判所からの、著作権侵害の訴えが出た、という連絡も待つ。

もしも訴えられたら、そのとき私の二十年来の疑問が解消する。

もしも訴えられなかったら、私は世の中に素敵なメロディを二つ残すことができる。

その日まで、私は忘れず、この曲を胸のなかであたためる。

2章

吐息でホルモー

夜明け前

日韓ワールドカップが終了し、フランス人の指揮官が「冒険は終わった」という言葉を残して、日本を去っていった頃、ある田舎の工場で、職を辞し、東京へ旅立とうとする一人の若者の姿があった。

彼の名は万太郎。

これは万太郎という若者が、会社を辞めてから、小説家を目指し過ごした、宙ぶらりんの生活の記録である。

*

東京にやってくる前、万太郎は地方の工場で「銀座のたまねぎ」を作る仕事に携わっていた。

ご存知だろうか？　銀座のたまねぎ。

例えば銀座の目抜き通りを歩いていると、高級ブティック、宝石店、画廊などが軒を連ね、裏通りに入ると高級クラブ、料亭、小粋なバーなどが立ち並ぶ。どうして、そんないかにも単価の高そうな店ばかりが銀座に集まるのかというと、土地の値段がべらぼうに高いからである。銀座に店を構えるならば、何よりもまず、世界で屈指の高額テナント料をペイしなければならない。ゆえに、ウン百万するダイヤをショーウィンドーに飾り、一本何万円もするワインをメニューに載せる。単価が高いものを扱わないことには、やっていけないからである。当然、銀座の目抜き通りに八百屋はない。一個四十円とか言って、悠長にたまねぎを売っている場合ではないのである。

翻って、万太郎の勤める工場では、田舎ではあったが、わざわざ駅前の便のいい場所に建屋《たてや》を構え、単価の安い化学繊維を生産していた。工場の人々は、中国や東南アジア産の製品に押しまくられる現状を、「どうしようもない」とあきらめ半分の顔で憂い、「『銀座のたまねぎ』を作っている」と自らの仕事を自嘲の表情とともにたとえていた。

万太郎はそんな工場の経理係で、原価計算の仕事をしていた。したがって、万太郎が工場を辞めたいと係長に告げたとき、係長はまず「転職か？」と訊ねてきた。

されど、万太郎がおもむろに首を振り、

「小説家になりたいのです」

と辞職の理由を伝えると、係長は額に手を当てたまま、ハハアと絶句してしまった。馬鹿なことを言うなと叱られるかと覚悟を決めていた万太郎だったが、待てども声がからない。人間、想像を超えた言葉を聞かされると、声を失うものらしい。結局、さしたるやりとりもなく、わかった課長に伝えておく、とだけ告げられて面談は呆気なく終了した。

＊

大学生のとき、万太郎はふと小説を書き始めた。

いったい、いつの頃から小説を書きたいと思っていたのか、万太郎にもよくわからない。ただ、予備校生のとき、駿台手帳に「いつか小説にしてみたいリスト」をこっそりリストアップしていた記憶はある。「奈良の興福寺の阿修羅像は、どうしてあんな顔なのか？」とか、「マンションのベランダの外にどうしても取りに行かなければならないものがあって、危険を冒して取りに行くけど、結局落ちた」とか、「超能力者同士の戦い。彼らは交感神経を念力で切断することによって、相手を殺害する。彼らの戦いにおいての最重要事項は、先んじて相手を認識することである。相手に認識された瞬間、交感神経が切断されて、心臓が停止してしまうから。エネルギー波とか呑気に打ち合っている暇はない」とか、「ある日、目が覚めたら影になっている物語」とか、『中国大返し』の決断に至るまでの、羽柴秀吉の心象風景」とか、あてもなく手帳に書き記していた。

もっとも、手帳の存在は、大学入学とともに始まった享楽の時間に流され、呆気なく忘れ去られた。万太郎が小説を書こうと思い立ち、実際にワープロ「文豪」にたどたどしい手つきで文字を打ちこみ始めたのは、すでに入学してから三年と半年が経過した頃だった。

万太郎は一年留年したのち大学を卒業し、化学繊維会社に就職。地方の工場に配属されるも、ほそぼそと執筆を続けた。万太郎は工場の敷地内にある独身寮に住んでいた。午後五時半に仕事を終え、午後五時四十分には部屋に戻り、六時に風呂に入って、食堂で晩飯を食べる毎日だった。

たっぷりある夜の時間を使って、万太郎は執筆に励んだ。しかし、土曜日にぐっすりと眠り、リフレッシュした頭で、月から金曜までの書き溜めた分を読み返したとき、その九割をボツにせざるを得なかった。それらはまるで小説の態《てい》を成していなかった。半年経っても、まるで進まない原稿。好きなだけ執筆に集中したい、という欲求は、電卓を叩き、原価計算を繰り返す万太郎の頭のなかで、日に日に大きくなっていった。

工場での二年と数カ月の配属期間を終了し、東京本社への転勤の話が告げられたとき、万太郎は会社を辞めることを決めた。一度本社に配属されれば、午後五時過ぎに家に戻っていることなど、定年退職するまであるまい。さらに困難な状況が待っていることを理解したとき、万太郎は意外とあっさり覚悟を決めた。

＊

辞職の意向は受理され、万太郎は溜まっていた有給休暇を消化すべく休みに入った。係長には、小説家になるなんて恥ずかしいので、辞める理由は伏せておいてほしい、と頼んでいたが、こんな愉快な理由が漏れないはずがない。休暇を終え、久々に出勤すると、フロアの全員に万太郎の事情が知れ渡っていた。これまで話したことのない隣の課の女性に、「頑張ってね」といきなり声をかけられた。あ、ありがとうございますと頭を下げると、「で、ジャンルは何？」と続けられ、困った。

工場最後の日、係長から「目指せ芥川賞」と肩を叩かれ、送り出された。芥川賞がどういうものなのか、ちゃんと説明したい気持ちがむくむくとこみ上げたが、「了解しました。目指します、芥川賞」と万太郎が大人の対応で返すと、まわりからやんやと拍手が沸いた。

同日夜、万太郎は二年と三カ月にわたる工場生活に別れを告げ、東京に向かった。

晴れて小説家を目指し、上京と相成った万太郎だったが、ここに一つ大きな問題が残っていた。

＊

実は万太郎、この場に至っても、両親に会社を辞めたことを告げていなかった。それどころか、東京本社に転勤になったとウソをついて、都内にあった親戚の所有する雑居ビルの一室を借りる、という悪質極まる行為にまで及んでいた。

親には退職前より、「七月から、超エリートが集う経理部に配属されちゃった」と伝えていた。何日から配属なのか？　本社用のスーツは用意したのか？　等々、的確な質問をぶつけてくる相手に、厄介なことだと思いながら、適当に返事をして、その場をしのいできた万太郎だった。

ある雑居ビルの最上階が、万太郎の新居となった。見るからにボロボロの、近隣の騒音もひどい、通りを夜中の三時にパトカー・救急車・消防車がサイレンを響かせ、部屋をゴキブリが舞い、階段の踊り場をネズミが駆け回る、どこまでも劣悪な環境だった。ただ、親戚の好意により、家賃はタダだった。もちろん、万太郎東京本社勤務説を信じてのことである。万太郎は寮からわずかな荷物を運びこみ、住民票も移し、近所のスーパーのポイントカードも作り、もう梃子《てこ》でも動かんぞ、という覚悟を固めたのち、すべてを告白すべく、両親のいる大阪へ戻った。

天気のよい、のどかな昼下がり、万太郎は実家に帰還した。玄関のドアを開けると、目の前で母親が掃除機をかけていた。

「おや、まあ、万太郎」

母親は呑気にあいさつをした。されども少々混乱気味なのか、えっと今日は休み？　いや、休みじゃないわよね、お父さん、朝、会社行ったもの、と一人であれこれ言っている。

万太郎は靴を脱ぐと、

「あのう、会社、辞めましたわ」

と端的に事実を告げた。

ほほう、と声を上げ、母親は掃除機のスイッチを切った。

「まあまあ、東京から来て疲れているだろうから」と台所に向かい、母親はお茶を淹《い》れ始めた。万太郎は食卓のイスに腰掛け、どこからともなく出てきた団子を頬張りながら、要点をかいつまんで報告した。母親はどこかよそよそしい態度で、なるほど、と言葉少なにうなずきながら、ひと通りの説明を受けると、そそくさと寝室に消えていった。それから一時間ほど出てこなかった。どうやら、有閑マダム連合に緊急電話連絡が走ったらしい。

夜になって、父親も帰ってきたところで、正式に万太郎の小説界への出馬宣言が発表された。阿呆をぬかせ、とボロカス言われることを覚悟していた万太郎だったが、ここでも職場の係長同様、拍子抜けするほど「なら、頑張りなさい」という運びになってしまった。

「甘すぎだろ」という戸惑いを、万太郎は感じずにはいられなかった。万太郎は、小説だけで生計を立てられる二十代男性は日本におそらく二十人か三十人くらいしかいない、という自説を披露して、両親から、何かしら反対意見を引き出そうとした。しかし、両親は最後まで、いたって鷹揚《おうよう》に、「まあ、やってみたらよろし」とやんわり背中を押すばかりだった。

そのときになってようやく、万太郎は、心のどこかで、両親の反対に遭い、それに反論することで、自分の意思を改めて確認し、補強しようという願望があったことを認めざるを得なかった。結局、万太郎にも、多分に親に甘えようとする気持ちがあったのだ。

万太郎は、二年という期間を両親に提示した。二年後、万太郎は二十八歳である。再就職するにしても、まだ間に合う年齢だ。

「芥川賞獲っちゃいな、万太郎」

と無邪気に告げる母親に、万太郎は苦虫を嚙み潰した表情を向けた。会社で見せた大人の対応をしようとは思わなかった。なぜなら、万太郎はその場では、永遠に「子供」であることが許されたからである。

＊

職を辞して、一年が経った。万太郎は依然、雑居ビルの最上階にて、雌伏のときを続けていた。

万太郎は過ぎ去った一年を振り返り、ひたすら執筆に時間を費やした結果、文章力が格段に飛躍した感を得た。頭のなかで考えたことを文章に変換するまでの時間が、ずいぶん短縮された気がした。だが、いくら文章が上達しようと、中身が伴わないと意味がない。

万太郎は様々な作品を書いては、それらを出版社が主催する文学賞に送り続けた。万太郎が書き上げた作品は多岐にわたる。歴史小説もどきに、ハードボイルドっぽいもの、ファンタジーっぽいもの、ときには「何も起こらない」話――手を替え、品を替え、万太郎は作品を応募し続けた。しかし、万太郎の書いたものは、片っ端から落選し、一次選考にすら残ることがなかった。半年かけて書いた長編が、箸にも棒にもかからず残念な結果に終わるのを見守るのは、なかなかつらかった。あたら無駄に、人生を空費しているだけではないか、と実社会で奮闘する友人たちを見て思った。

「どうなんやろか、俺たち」

そんなとき、近所でたまたま再会した高校時代の友人と、平日、昼時の公園で延々フリスビーをやりながら、万太郎はふと疑問を投げかけた。友人もまた無職で、執筆ぽいことを続ける万太郎同様、資格の勉強ぽいことをして、のんべんだらりとした毎日を送っていた。

「あかんやろ」

友人は易々《やすやす》と真実を突きつけ、あいよっとフリスビーを投げて寄越した。

＊

万太郎は東京に来て、家賃がかからないことをいいことに、工場時代の貯金を資金源に、完全無職の生活を貫いていた。

運動不足になるのを防ぐため、フットサルの社会人サークルにときどき顔を出したが、なかなか無職であることはバレなかった。しかし、ときには自分からその事実を告白しなければならないこともある。

ある日、万太郎が銀行に口座を作りにいくと、案内されたブースに、チャン・ツィイー似の非常に美しい女性行員が座っていた。万太郎がおずおずと口座開設の申請書を差し出すと、女性はきりりと引かれた眉の下で、切れ長の目を細かく動かし、手元をチェックしていたが、

「お客様、職業欄が未記入です」

と紙を突き返してきた。

平日の朝十時に、ジャージ姿で、ご老人たちと一緒に、呑気にイスに座って待っているのである。訊かなくってもわかるだろうが、と心で毒づきながらも、万太郎は、

「む、無職です」

とかすれた声で答えた。

すると、チャン・ツィイー似の行員は、眉をひそめ、紙を眺めていたが、ペンを手に取り、

「ここにチェックをしてください」

と冷たい口調で告げてきた。

万太郎がペン先が示すところをのぞきこむと、そこは職業欄で「会社員」「学生」「自営業」といった項目が並んでいた。しかし、「無職」という項目はない。ゆえにチャン・ツィイー似の行員のペンは「専業主婦」という欄を指し示していた。

万太郎は戸惑ったが、ここで行員と「専業主婦」についての認識の相違を争っても仕

方がない。皿洗いが嫌いだとか、子供は産めないとか言っても意味がない。万太郎は黙って「専業主婦」の欄にチェックを入れた。

「ここに〝無職〟とお書きください」

すぐさま、次の声が飛んできて、書きこむってどこに、とペンの先を追うと、「企業名」というマスが待ち構えていた。いやはやキツいですなあ、と心でつぶやき、万太郎は「企業名」に「無職」とへろへろ文字で書きこんだ。

「ありがとうございました」

なぜかチャン・ツィイー似の行員は怒ったような声で、万太郎が差し出した紙を受け取った。

まるでチャン・ツィイー本人に叱られた気分で、万太郎はしょんぼり銀行をあとにした。

＊

二年が経ち、万太郎は二十八歳になった。

芥川龍之介が『杜子春』を発表したのが二十八歳と知り、あまりに巨大なその差に呆然とした。横綱大乃国の引退が、二十八歳のときだったことを思い出し、老けていたなあ大乃国、としみじみ感じた。また、『Dr．スランプ』の則巻センベエが二十八歳だったことを知り、発明でちゃんと生活していたのだから、案外、甲斐性ある男だったのだなと妙に感心した。

何一つ、小説上の具体的成果を上げることのないまま、約束の二年が過ぎ去ったことについて、万太郎は何らかの結論を下す必要に迫られていた。

万太郎はすでに、来るべき再就職のときに備え、簿記の専門学校に通い始めていた。簿記の勉強は、それはそれで楽しいものだったが、大阪に戻って再就職し、経理の仕事をしている自分を想像するのは、まるで楽しくなかった。

残された時間は限られていた。

資格試験に向けての勉強をしつつ、万太郎は壁のカレンダーを睨んだ。今さら、いくら新人賞の一次選考を突破したところで意味がない。万太郎のケツにはもう火がついている。いや、すでにお肉がじうと火傷《やけど》気味である。もはや一次も二次も最終選考もへったくれもない。応募者のなかでいちばんになって、作品を本にしてもらう、すなわちデビューする以外、どれも意味がない。

万太郎は思いきって、創作方針の一大転換を図ることにした。今までと同じやり方をしたところで、同じ結果を招くだけである。現に二年間、さっぱりだったじゃないか。

次の一作が最後の挑戦。

粛然とした顔つきで、ワープロに視線を下ろした万太郎の前で、開いたディスプレイの背後から、顔をのぞかせる物影があった。

それは身長二十センチほどの、茶巾絞りのような頭をした妙な連中だった。万太郎はこのケッタイな小さな生き物を、オニと勝手に命名していたが、オニが三匹、ワープロの背後から現れて、キーボードを使って、「ケン・ケン・パー」を始めるのを、うるさそうな表情で、万太郎は見下ろした。

そのとき、万太郎はふと思い立った。

こいつらを使って小説を書くのはどうだろう――？

オニたちは、万太郎がおさない頃より頻繁に目にする存在であったが、どうも周囲の人間には見えないものらしかった。また万太郎がその身体に触れようとしても、手はスッとすり抜けてしまう。向こうから何かをしてくることもないので、連中は万太郎にとって、いつしか空気のような存在になっていたのだ。

あまりに当たり前の存在ゆえ、これまであえて無視してきた、この連中が出てくる話を書いてみたらどうだろう？　万太郎は腕組みをしながら、ディスプレイをすり抜けていったかと思うと、背後よりホフク前進をしながら戻ってきたオニをじっと見つめた。

万太郎は腰を上げると、冷蔵庫に向かった。レーズンパックの中身を小皿に開け、机に戻った。机の脇に小皿を置くと、連中は「きゃあきゃあ」と声を上げて、ワープロの前から移動した。

「さてと」

邪魔者がいなくなったところで、万太郎はワープロのスイッチを入れた。

＊

不思議なものだ、と万太郎は思う。書くべきものはいつだって、自分の目の前にあったのだ。なのに、人はその存在になかなか気づかない。捨て鉢になってふっきれたとき、ようやく気がつく。万太郎はワープロの脇に視線を向けた。二匹のオニが、辞書の上で相撲をとっていた。

すでに万太郎が会社を辞め、上京してから三十カ月の歳月が過ぎようとしていた。

ある寒い冬の日のこと。万太郎は、この小さな連中がわいわいと京都の街を跋扈《ばっこ》する小説を書き始めた。

吐息でホルモー

新しい本棚を買ってきて、最初に自分の本を並べてみた。まだ二冊しか世に出していないので、あまりにさびしい眺めに驚いた。

それでも二冊になったことは、よろこばしい。一作目『鴨川ホルモー』しか、持ち札がなかったときは厳しかった。例えば、不動産屋に行き、部屋を借りようとしたとき、実に困った。不動産屋は大家さんから、のちのちトラブルにならないためにも、身元が間違いない人間を斡旋するよう求められている。仕事上の必要から、不動産屋は私のことを根掘り葉掘り訊いてくる。一方、私はどうしても部屋を借りたい。なので、不動産屋にお仕事は？　と訊ねられたら、小説を書いていますと素直に白状するしかない。

「えっ、何という本を書いているんです？」

「えっと、『鴨川ホルモー』」

初対面の相手にはっきり発音するには、あまりに恥ずかしいタイトルゆえ、私の声も

こもりがちになる。しかも「ホルモー」などという日本語はない。当然、「え？」という表情とともに、

「鴨川……何です？」

と訊き返される流れになる。

「で、ですから、『鴨川ホルモー』」

「鴨川ホルモン？」

「いえ、ホルモー。ホルモンではなく、ホルモー」

モーです、そこは伸ばして、と私が念を入れると、不動産屋は「ははあ、ホルモー」と素直に反芻《はんすう》している。だが、問題が何ら解決されていないことに相手が気づくのも早い。すぐさま、

「ホルモーって、何ですか？」

という次なる難問が返ってくる。

「それがひと言で説明できないから、一冊書いたのです」

と答えるのは、あまりに険《けん》がありすぎるので、

「ホルモーというのは、まあ、言ってみれば競技の一種のようなものでして――」

と実にかったるい説明をするしかない。何だか非常に不公平な気がしてくる。もしも、私が『鴨川ホルモー』ではなく、『熱海毒リンゴ殺人事件』でデビューしていたなら、

こんな質問はされなかったはずだ。「どういうジャンルになるんです？」などという難問も受けずに済んだはずだ。

そのとき、私はふと昔の光景を思い出した。

小説家を目指しながら、無職のままぶらぶらしていたとき、友人の結婚式に呼ばれると、再会した旧友から必ず、

「どんな小説を書いてるの？」

という質問を受けた。そんな真正面から訊ねられても、アイデア段階の『鴨川ホルモー』の話など、伝えようがない。本になったら上手に説明できるのになあ、とそのときは強く思ったものだが、実際に本になったところで、何一つ正確な説明などできなかったのである。それどころか、

「いえ、鴨川でホルモーはしません。これは言ってみれば一連のシーズンの名前です。そう、懐かしいところでガット・ウルグアイラウンドみたいな意味でしょうか」

などと余計、支離滅裂な説明をしている始末である。

結局、要領を得ない表情のまま、不動産屋は大家さんに連絡を取ってくれた。受話器を手に不動産屋が、

「いえ、ホルモンではなく、ホルモーです。ええ、ホルモー」

と律儀に説明しているのを見て、心底申し訳ないと思った。次は必ずまともなタイト

ルにしよう、と心に強く誓った。
一年後、私は待望の二枚目の持ち札を手に入れる。
『鹿男あをによし』
あの日の反省はいっさい、生かされなかった。

白い花

おさない頃より、よく鼻血が出る。

乾燥のひどいときなど、今でも、ほんの少し鼻に触れただけで、つーっ、と鼻血が出てくることがある。汚い話で恐縮だが、私の使う枕は、枕カバーを外すと、必ず黒ずんだ染みが発見される。就寝中に、対応する間もなく鼻血が出てしまったときの痕である。私は鼻血が始まる瞬間を認識できる。鼻腔を鉄に似た匂いがふっと過《よぎ》ったときが、血管の壁が破れた合図だ。止血をするのが面倒なとき、私は上を向いて、血が止まるのをひたすら待つ。でも、のどを垂れてくる血の味のマズさに、結局はティッシュを丸め、鼻につっこむ。

私は人様より、鼻の内壁の皮膚が弱い性質《たち》らしい。小学生の頃、母はよく、祖父に私の鼻の皮膚を焼くよう頼んでいた。鼻の内側の皮膚を血管ごと焼いて潰してしまおう、というのだ。私の祖父は耳鼻科の医者だった。

あまりに毎日、鼻血が出るときは、学校から帰ってきてから、階下で開業している祖父の診察を受けた。「これで大丈夫やろ」と薬を塗ってもらうが、二階に戻る途中で、さっそく鼻血が噴き出してきた。これでは治療した意味がないが、ここで戻ると「指を突っこんだな」などとわけもなく怒られるので、黙って部屋に戻り、ティッシュをぎゅうと鼻に詰めこんだ。

おそらく祖父は、近所では怖い先生というイメージで通っていたと思う。大学の友人のなかに、たまたま小学生のとき、祖父のところに治療で通っていたという女性がいた。「おっかない先生だった記憶がある」と、やはりその女性も言っていた。

確かに、祖父はたいへん気難しい人だった。テレビを見ても一人で文句ばかり言っていた。

「時代劇で、病気の殿サンが、窓の外を見せてくれと、障子を開けて、庭の雪景色を眺めるやろ。あんなんは頭に髪がある人間が考えたこっちゃ。冬は痛いんや。どこが？頭に決まってるやろが。寒いと頭の皮膚が痛いんや。それやのに、風邪を引いてる人間にあんなことさせて、ほんまぎゃらしいッ」

小学生の私が祖父と遊んでいたとき、庭に青大将が出たことがあった。初めて間近にヘビを見て、私が声も出せずに固まっていると、何ごとかと近づいてきた祖父は、

「あッ、このガキャッ」

と叫んで、地面でとぐろを巻いていたヘビの尻尾を躊躇なくつかみ、引き上げた。八十センチほどの体長のヘビが、自分の尻尾の様子を確かめようとするかのように、首を持ち上げていた。

祖父はそのまま家の外に出ると、いきなりアスファルトにヘビの頭を打ちつけた。すぐさま引き上げ、ふたたび勢いをつけて、ムチのようにヘビを振り下ろした。びたーん、びたーん、とヘビがアスファルトに打ちつけられるたび、湿っぽい音が響いた。

頭蓋を砕かれたヘビは、祖父の手より、白い腹を見せ、だらりと垂れ下がっていた。私は畏怖の目で、祖父を見上げた。ちょうど祖父の後ろから、真夏の太陽がギラギラ照りつけていた。祖父はヘビを頭上でぐるぐる勢いよく回すと、そのまま雑草が生い茂る、隣の空き地に放り投げた。ヘビが棒のようになって、飛んでいった。手をパンパンとはたき、「スイカ食おか」と祖父は何ごともなかったかのように、家に戻っていった。

そんな容赦ない性格にもかかわらず、祖父はいつになっても私の鼻の内壁を焼こうとしなかった。効き目があるのかないのかわからない薬を、綿棒で塗り続けるばかりだった。私はもちろん、鼻の内側を焼いてほしくはなかったが、祖父が焼くと言ったら、逆らうことはできないと覚悟していた。だが、祖父は最後まで私の鼻の皮膚を焼かなかった。理由は「痛いことをして、僕はあの子に嫌われたくない」だった。

私が十五歳のとき、祖父は診療所を畳んで、奈良で祖母と二人で隠居生活を始めた。

私はときどき一人で泊まりにいって、祖父の話を聞いた。祖父は嫌いなものほど、多くを語った。だから、祖父は戦争の話を何度も語った。「あいつら威張りくさりおって」憲兵の悪口を始めたら、止まらなかった。大阪の大学で医学生をしているとき、白血球が異常に少なくなって死んでいく人たちが、広島から多く病院に運ばれてきた。どうしてだろうと思っていたら、数日後、広島で新型爆弾が落ちたというニュースを新聞で知った。その頃、女学生だった祖母が、竹やりでアメリカの戦闘機を落とせると信じてエイヤと訓練していた話をすると、心の底から嫌そうな顔をして「ほんまにあんたは阿呆やな」と言った。

ときに辛辣で、気難しく、繰り返し相手を攻撃する性格の持ち主だったゆえか、身近に親しい友達は一人もいなかった。祖母と二人で、奈良の家で庭いじりをして、悠々たる時間を過ごしていた。几帳面な祖父の性格を反映して、その庭は気取ってはいないが、いつも整然として美しかった。

大学を卒業し、関西を離れた私は、祖父と会う機会がめっきり減った。すでに祖父は八十を超えていた。たまに会うたび、祖父から鋭さが消えていくのを、私は感じた。以前は下手なことを言うと、何を返されるかわからない、という警戒の念を抱いて接したものだが、祖父はめっきり意地悪なことを言ってこなくなった。「意地悪」は、強い乱視とともに、私が祖父から多くを引き継いだと思われる資質だった。私が小説家を目指し、東京で無職を続けているときも、何もそのことに触れなかった。だが、気にしていないわけではなく、母によると「大丈夫なのか？　誰か先生についているのか？」と少々、時代錯誤なことを訊ね、「私もわからないから、今度会ったとき自分で訊いてくれ」と返されると、「いやあ……」と尻ごみをしていた、とのことだった。我が家では、奈良の春日大社に初詣してから、祖父母の家に新年のあいさつをする、という長年の習慣があった。新年の訪問を終え、車で家を離れるとき、祖父はガレージの前に立ち、何か言いたそうな表情で私を見ていた。結局、祖父は「まあ、頑張りや」と言っただけで、車は発進した。動く祖父の最後の記憶である。

ある朝、祖父が脳梗塞で倒れたと連絡が入った。私は新幹線に乗って、生駒《いこま》の病院に向かった。待合室で祖母が座って、私を待っていた。こんなに祖母は小さかっただろうか、と思いながら、二人で病室に向かった。祖父はぎこちない格好でベッドで寝ていた。顔が紅潮して、二の腕まで同じ色に染まっていた。肉づきのいい腕を触ってみると、驚くほど弾力があった。

病院の喫茶室で、祖母が新婚旅行に行ったときの話をしてくれた。琵琶湖の旅館に、夕食用のお米を持参して一泊した、と祖母は昔を語った。どういう状況で倒れたのか訊くと、朝食前にＮＨＫの女子アナウンサーの文句を言っていたところ、急に「ううん」とうなり、イスから床に崩れ落ちたという。「何か、おじいちゃんらしい」と祖母は笑っていた。

翌日、私は応募した小説が新人賞を受賞した、という知らせを受け取った。二日経っても眠ったままの病室の祖父に、「本になるで、おじいちゃん」と報告して、私は東京に戻った。


それから約半年後、結局一度も意識が戻らぬまま、祖父はこの世を去った。

「老人の健康欲はおそろしい。人間はいくつになっても、少しでも長生きしようとする。僕はああいうのは醜いと思う」

そう日頃から言っていた祖父が、機械につながれ、本人が最も嫌うであろう生き方を選ばされたのは、どこまでも皮肉な話だった。

通夜の準備の最中、祖父の遺体を納めた棺に、「あっちで読んでもらおう」と母がひと月半前に世に出たばかりの、私の最初の本を一緒に入れた。阿呆なタイトルで申し訳ないと思った。本を読むにはメガネが必要じゃないか、と誰かが言った。「有害なものが発生するので、メガネは燃やすことができません」と、すぐさま葬儀社の人の言葉が飛んできた。そういう場合は絵を描いて棺に入れます、と葬儀社の人が言うので、私が本の表紙を開いたところに、祖父のメガネを描き写すことになった。

メガネを前に、マジックで慣れない作業をしていると、祖母が「向こうで本を読みながら、何か食べたくなったら困るから」と祖父の入れ歯を持ってきた。やはり、葬儀社の人に駄目ですと言われ、ついでに入れ歯の絵も描くことになった。総入れ歯ではなく、部分入れ歯だったので、たいそう描くのにてこずった。描き上げると、いびつなフレームのメガネに、歯ぐきの部分を黒く塗ったためフジツボのように見える入れ歯に、何だかわけがわからないことになっていた。

通夜と告別式を終え、火葬場で遺体を焼いた。引き出された台の上の遺骨を、係員の人が箸でより分け、「これがのど仏です」と説明してくれた。白い乾いた破片のなかに、確かに仏像のように鎮座する、小さな骨がうずくまっていた。

大腿骨の下に、真っ白な、ポップコーンのように膨らんだ、大きな固まりがあった。まるで花のように、天井に向け薄い花弁状のものが開いている。私は初め、骨が破裂したのかと思ったが、どうもそうではないらしい。

しばらく見つめて、私は「ああ」と小さく声を上げた。それは私の本だった。表紙の裏にメガネと入れ歯を描いた本は、ぶ厚すぎたのか、燃えきらず残っていたのだ。一面の骨のなかに咲く白い花は、不思議な眺めだった。そっと触れると、かさりと音を立てて、花弁が散った。

祖父の死より、もう一年が経つ。

シェイクスピアにはなれません

『恋におちたシェイクスピア』という映画がある。

そのなかで若き日のシェイクスピアは、書くことへのモチベーションが高まると、跳ねるようにイスに座る。颯爽と机の羽根ペンを取り、それを両の手のひらに挟んでくるくる回す。羽根の残像が紙の上を舞い、さあ、一丁やってやるかとシェイクスピアは一《いっ》気呵成《きかせい》に珠玉のストーリーを書き始めるのだ。

大学生の頃、映画館のスクリーンに映る才気あふれるシェイクスピアの姿を眺め、何とまあ、作家とは格好いいものなのだろう、と感心した。

その頃の私はというと、部屋にあったワープロに、小説もどきのようなものを書き始めたばかりだった。将来、文章を書いて食べていこうなどとはつゆ思わず、ああ、プロのスポーツ選手は試合をしているときが、プロの女優は演技をしているときがいちばん美しいように、プロの作家は文章を書いている姿がいちばん美しいのだなあ、などと呑気な感想を浮かべていた。

それから十年の歳月が経ち、紆余曲折を経て、私は文章を書く仕事に就いた。職業名だけなら、シェイクスピアと同じである。ところが、何であろう、この執筆中の格好悪さは。この残念な感じは。

時代は移り変わり、羽根ペンと紙が今やパソコンに取って代わられてはいるが、頭のなかで考えたことを文字にする、という作業に変わりはない。変わりはないはずなのに、実際の自分の様子は、あのとき観たシェイクスピアとは、似ても似つかないものになっている。

そもそも私には、アイデアがあふれ、矢も盾もたまらず机に向かう、ということがない。生まれてこのかた一度もない。作家の方が書く小説作法の本に、登場人物を決めたあとは、彼らが勝手に動いてくれる、などと執筆プロセスを紹介しているのを目にすると、うらやましくて仕方がない。私が設定する登場人物は、なまけ病なのか、それとも栄養失調なのか、こちらが叱咤しない限り、うんともすんとも言わない。ローマ時代の奴隷監督官なみに、手当たり次第、ムチをうならせてやっとこさ「ハイハイ」と面倒そうに動きだす始末だ。

羽根ペンを軽やかに回す代わりに、私は部屋の掃除をする。普段、決してやるはずのない、手間のかかる料理をやおら作り始める。やっとパソコンの前に座ったかと思えば、別段アイデアも浮かばないのでホーミーを奏でる。カレンダーを眺め、ため息をつく。意味もなく『ビジュアル・ワイド　日本の城』をめくる。座っていてもいっこうに何者も訪れる気配がないので、また掃除を始める。

こんな調子では永遠に完成しないのではないか、と我ながら思うが、不思議と作品はいつの間にか仕上がっている。締め切りを守るヤツと、案外評判のよい私である。

執筆とはマラソンに似ていると思う。マラソンを経験したことはないが、選手はひたすら「苦しい、苦しい」と思って走っているはずである。私はいつも「いやだな、いやだな」と思いながら書いている。そのくせ、書き終えると、さして間を空けることなく、次の長編の準備に取りかかる。一度走り始めると、半年間の長丁場になるのに、また「しんどい、しんどい」とぶつぶつ言いながら書き始める。

何だかんだと言いながら、結局、私は書くことが好きなのか。

兄貴

兄貴とは『ダウンタウンのごっつええ感じ』内のコントに出てくる、松本人志扮する任侠キャラである。

兄貴は舎弟をつれ、毎度、町の工務店の社長のもとへ乗りこんでくる。借りた金返さんかい、と猛烈な追いこみをかける。だが、これがうまくいかない。どうしても、うまくいかない。

「長い間、ありがとうございました」

ときっちり耳をそろえて札束を机に出されても、結局、借金を取りっぱぐれ、捨て台詞を残して事務所をあとにする羽目になる。

プライドをずたずたにされ、引き上げる兄貴のさびしげな背中。ああ、せつない。なんと世の中、ままならぬものか。

なぜ、兄貴は毎度失敗するのか。それは言葉が通わないからだ。兄貴の心は社長に届かず、社長の言葉は兄貴に伝わらない。ゆえに、二人の思惑は常に平行線をたどり、借金は宙に浮き続ける。

言いたいことが伝わらない。これはとんでもない悲劇である。

だが、画面を隔てて見たとき、悲劇は転じて、とてつもない喜劇へ姿を変える。

十代後半の多感な時期を、私は『ダウンタウンのごっつええ感じ』を見て過ごした。私の心を虜にした数々の珠玉のコント。わけても、兄貴は格別だった。悲劇のかたまりである兄貴が、最強の喜劇の輝きを放つ。私はまだまだ兄貴より、多くを学ばなければならない。

大阪弁について私が知っている二、三の事柄

普段、私は大阪弁で会話する。

一方、小説のなかで大阪弁はなるたけ使わないようにしている。あくまで小説のなかでの話だが、大阪弁の文章はひらがなが多くて読みにくいと思っているからだ。それでも自ずと文章に大阪弁が出てしまうときがある。校正を経て戻ってきた自分の原稿を目にして、チェックの指摘に「え？　これって大阪弁だったの？」と今さらながら気づかされることも多い。すでに本を世に出しておきながら、まことに恥ずかしい限りである。

大阪弁か否かということで、文章を書くとき私が特に注意しているのが、「〜せて」の表現である。例えば、私はつい「声を震わして」などと書いてしまう。おそらく関西の方のなかには、これを見て「何がいかんのか？」と思う人も多いのではないか。見直しの最中、私はこれを見つけると、慌てて「いかんいかん、こいつは『声を震わせて』じゃないか」と書き直す。「声を震わして」は大阪弁なのに、「机を動かして」は標準語

だったりするから、日本語はややこしい。きっと動詞の活用や助詞の使い方にルールがあるのだろうが、今さら活用形をいちいち覚える気にもなれない。中学のとき、単調でひたすら苦痛でしかなかった文法の授業の意義を、今さらながら理解する私である。

加えて、私が近頃、発見した自分の癖がある。「すごい」である。先述の「〜して」は数年前から意識していたので、もはや撲滅間近の癖なのだが、この「すごい」は最近、新たに発見したばかりの、未だ湯気を発している癖である。

それはあるテレビ番組のホームページで、自分のインタビュー記事を読んだことに端を発する。その記事は、ある番組で私が発した短いコメントを文字化したものだった。私はそれを「ああ、こんなこと言ってたなあ」と思いながら読んでいたのだが、一カ所だけ、「あれ？ こんなこと言ったっけ？」という内容が含まれていたのである。雑誌のインタビューなら書き手によって多少のズレが生じることもあろうが、セリフを一〇〇％そのまま書き写しただけの記事である。そもそも齟齬が起きるはずがない。何が変なのだろうと、己のコメントを見つめ、思わず私は「ああ」と嘆息した。

「すごい」である。

次回作の抱負みたいなものを訊ねられ、私は〝マキメ「ものすごい、おもしろいものを書きたい」〟といった具合に答えていた。この記述だと、私は次回作に「ものすごい」と「おもしろい」の二つの要素を期待しているように読める。だが、私には「おもしろい」の一要素しか挙げた記憶がなかった。ここが違和感の源だったのだ。

つまり、大阪弁なのである。大阪弁では副詞としての「すごく」を「すごい」と表現してしまう。もしも、日本人が大阪弁しか話さなかったら、日清のチキンラーメンのCMは、

「すぐおいしい、すごいおいしい」

となっていたはずである。

これは「ごっついうまい」や「えらい安い」といったような、関西人のオーバー（とされる）な物言いに一役買っている文法表現と思われるが、そんなことサイトを製作した方の知ったことではあるまい。私が「very funny なものが書きたいなあ」と言ったつもりでも、相手には「marvelous and amusing なものを書きたい」と伝わったのだ。

この事実に気づいてからというもの、私の東京生活はほんの少し息苦しい。先日もあるインタビューで「何ちゅうか、すごい、すごい……えっと」と、言葉に詰まっているとき、ハッと我に返った。この場合も、私は単に「very」のあとに続く適当な形容詞を探していただけなのだが、ひょっとしたらインタビュアーには、「何と言うか」のあとに、「wonderful, wonderful」を連発する、岡本太郎のような人間と思われているのではないか、と思い当たったのである。そのときは、なるほどそう思われるのも悪くない、ともう二度ほど「すごい」を重ねておいたが、先日返ってきた小説の校正に、「も

のすごい強そう」と何も考えず書いた文章を、「ものすごく強そう」と冷静に赤ペンで訂正されているのを見たときは、シュンと来てしまった。

生来、私は鈍感な男なので、関西を離れ、違うイントネーションにさらされても、大阪弁が消えない(弱くなっているということはあるだろうが)。なので、たまに妙なことが起きる。初めて六本木ヒルズを訪れ、ランチタイムに入ったレストランで「お飲み物はいかがですか?」と訊ねられたとき、昼間から飲む気も起こらず、私は「ああ、いいです」と言って断った。

すると、しばらくして「お待たせしました」と女の子がビールを持ってやってきた。

「いや、さっき、いいですって言いましたけど」

その瞬間、女の子と私はハッとした表情で目を合わせた(ここも最初「合わした」と書いてしまった……)。「いいです」である。標準語ならば最初の「い」にアクセントが来るところを、私は二番目の「い」にアクセントを持ってきてしまう。しかも、私は常に張りのない声でぼそぼそしゃべる男なものだから、余人にはその言葉がはなはだ聞き取りづらい。

結果、私の「いいです」はまったく別のものとして彼女の聴覚に伝わった。彼女の脳は、完全に違う言葉を認識し、何ということか彼女は、トレーの上に、気品ある黒い液体に淡いブラウンの泡、すなわち〝ギネスビール〟を用意して現れたのである。「いいです」が「ギネス」に聞こえてしまったうえ、店のメニューにギネスビールがある奇跡。私は「あのビール捨ててしまうんかな、もったいないな」と厨房に帰っていくビールを眺めながら、言葉の妙をしみじみ噛みしめた。

こんなこともあった。多摩川の河川敷でのフットサルを終え、着替えていたときのことだ。隣の人が目の前の原っぱを見渡し、「ここでバーベキューとかしたら、楽しいだろうなあ」とつぶやいた。ああいいですねえと私は賛同の声を上げ、

「あ、僕、火おこすん、うまいですよ」

と火おこしが上手なことをアピールしたのだが、その瞬間、その人がギョッとした顔で私を見た。次いで、

「マキメくん、バーベキューでヒヨコ食べるの!?」

と驚愕の表情で叫んだのである。

「ハア？」

とひたすら戸惑うばかりの私だったが、唐突に合点した。

「火おこすんうまい」

である。相変わらず発音の悪い私ゆえ、この部分が何ということか、

「ヒヨコすごいウマい」

になってしまったのだ。

しかし、これはあまりにこじつけである。「それはないでしょう。無理矢理でしょう」と失笑する私の隣で、プレーも寡黙、普段はさらに寡黙なフットサル仲間の一人が、

「僕も今、ヒヨコうまいと聞こえました」

とぼそりとつぶやいた。

多摩川を渡る風に吹かれ、ああ、言葉とは何と難しいのだろうと私はしみじみ嚙みしめた。

近頃、大阪を舞台にした小説の構想を、少しずつ練っている。

そのとき、登場人物たちの話し言葉をどうしようかと考え始めると、なかなか結論が出ない。話し言葉の王者が決して、書き言葉・読み言葉の王者ではないことに問題の要はある。私の感覚では、大阪弁での会話は書いても基本、一行までである。それ以上続くと読みにくい。会話文が大阪弁で書かれた小説で優れたものは、どれも登場人物が饒舌ではないという条件が備わっているように思う。夏目漱石の『吾輩は猫である』や『坊っちゃん』において、江戸っ子の登場人物がしゃべればしゃべるほど、リズムを醸し始めるのと好対照なのが興味深い。

以前勤めていた会社の新入社員研修で、東京の人間に、大阪弁を「なまり」と表現されたときの底知れぬ衝撃を思い返しながら、私はこの愛すべき大阪弁と小説をどう折り

合わせるべきか考えている。
ものすごい真剣そうなフリをして。

3章

木曜五限　地理公民

「技術」の時間

中学時代の思い出というものがほとんどない。

中学生といえば『3年B組金八先生』であるが、「あ〜あ、せっかく三年生になったのに、B組じゃなくて、A組だったよ、残念」という感想で、三年間を総括できるくらい思い出がない。

そんな希薄な中学時代の記憶のなかで、強く印象に残っているのが、「技術」の授業である。どうやら世間一般では「技術」の授業というと、製図をしてノコギリ片手にイスや貯金箱を作るらしいが、私の通った中学校では「技術」といったら、「農場」だった。農場で農作物を育てる。その収穫物の出来によって、成績がつけられる。その他、畝《うね》の美しさ、農作物の生育具合、授業中に土に向かう真摯な態度なども成績をつける際の材料となる。ウソではない。本当の話である。

中学一年生と二年生の二年間、体操着に着替え、学校の敷地の隅にある農場にて、この風変わりな週一回の「技術」の授業は行われた。私はこの授業が嫌いだった。なぜなら、自然はまるで私の思うとおりには動いてくれなかったからである。例えば畝の一つとってみても、私の畝は左右のバランスが均一ではない、右肩下がりの、高さも中途半端な、実に頼りないものだった。見た目のとおり、生産性も甚《はなは》だ低い。トマトを植えても、一つも収穫できなかった。唯一ふっくら丸々と育ち、赤くなりかけたやつは、さあ収穫だというときに、鳥に食われた。放っておいても馬鹿のように次々生育するナスは、私の嫌いな野菜だった。二十日大根もどれほどネグレクトしようと勝手にすくすく育ったが、たかがサクランボ大のもののために、わざわざ長い畝をこしらえる理由がわからなかった。

もっとも、どこまでも退屈な授業だったが、感心することもあった。

十代前半、ちょうど中学生あたりまでと思われるが、クラスに必ず一人は、「あらゆることを完全にこなす人間」が存在するものである。数学もできれば、国語もできる、絵もうまければ、走りも速い。性格にも優れ、当たり前のように学級委員もこなす。そんなオールマイティな人間は農作業までうまい——これは大きな発見だった。難解な数学の問題をすらすら解く人間は、トマトまでわんさと実らせてしまうのだ。

ＳＶＯＣ第五文型の英語の構文を巧みに解析する人間が、どうして農作物の収穫にまで高い能力を発揮するのか、私は不思議でならなかった。何でもかんでもできて、ズルいんではないか、と素直にやっかんだ。

だが、そんな私のやっかみ、疑問は、「技術」の時間、大根の収穫を迎えたとき氷解した。くだんのデキる男の大根が八百屋で並んでいてもおかしくないほど、ふくよかで太々として、まっすぐ育っているのに対し、私の大根はデキる男の半分ほどの体長しかなかった。しかもその先端には醜い瘤《こぶ》のようなものが発生し、そこから三叉くらいに枝分かれして、明らかに「売れない」大根と化していた。

採点の時間がやってきて、生徒は一列に並び、足元に収穫した五、六本の大根のうち、いちばんマシなものを置く。技術の教師が端から順に、その出来を評価していく。デキる男の大根はもちろん「A」である。「うーん、マキメ。D」と下から二番目の格付けを残し、目の前を去っていく教師の後ろ姿を見送りながら、私はようやく了解した。畝である。つまり、すべては春の畝の造成のときに、勝負がついていたのだ。

「技術」の時間、生徒には一人一本の畝が与えられた。あぜ道沿いに名札を立て、幅は四十センチ、長さはおよそ一メートル五十センチくらいだったか。その畝を一年間使う。冬の間は休耕期となるので、一学期の最初の授業は、自分の畝を造るところから始まる。そして、おそろしいことにこの最初の授業で、一年間の成果が決まってしまうのだ。

農業の肝要とは、土にある。土がやわらかく、その間に空気を存分に含んでいると、すくすくと根は育ち、バクテリアは盛んに窒素固定を行い、栄養価の高い土壌で農作物はぐんぐん大きくなる。

したがって、一学期最初の「技術」の授業で、生徒たちがすべきことは、ひたすら土を掘ることである。なるべく地中深くまで耕し、冬の間に凝り固まった土をやわらかくほぐす。さらに周辺の土を集め、畝を高くすることによって、その効果を倍増させる。言葉にすると、実に理にかなって、目的も明確な作業のはずだが、これができない。何しろ十二歳、十三歳のまだまだケツの青い餓鬼連中だ。これまで一度も持ったことのない小型の鍬《くわ》を手に、一時間土くれを掘り続けろ、と言われても、真面目にやるはずがない。掘ることが何の意味を持つかわからない。十五分ほどで作業に飽きて、教師がおじいさんであることを良いことに、あぜ道に座りこんで、土の下より発見されたヒルやミミズを切り刻み、中山美穂と小泉今日子どちらが好きか議論するなど雑談に余念がない。

ところが、この最初の授業が一年間の農作物の出来・不出来に決定的な影響を及ぼす。いい加減にしか耕さなかった畝には、いい加減な作物しか生まれない。自然は憎いくらいにウソをつかない。ツケは必ず回ってくる。貧弱なキュウリ、矮小な水菜、実らないトマト。特に大根では、土の状態が端的に反映される。固い土の場合、大根は途中で下に伸びることをあきらめ、瘤のように膨らんだあと、斜めへ、横へ、さながら『ＡＫＩＲＡ』の鉄雄のように迷走し、悲惨な姿で収穫期、シャバに引き上げられる。

クラス唯一の「A」を勝ち取った、くだんの男の大根を見たとき、私は了解した。つまり、彼はどこまでも真面目なのである。私が鍬を放り出し、隣の畝の人間に、当時、絶賛放映中だった、若き日のダウンタウンが出ていた『夢で逢えたら』のおもしろさについて熱く語っているときも、彼は誰とも話さずひたすら土を掘り続けていたのだろう。放課後、こまめに農園に立ち寄り、雑草を除去し、水をやっていたのだろう。最初の授業で、教師が「土のやわらかさが大事だ」と少しだけ漏らした重要情報を、他の連中が軒並みスルーしようとも、彼の耳は決してそれを聞き逃さなかったのだ。私はそのとき、素直に脱帽した。優等生とは、資質である。性格である。昔話では、正直で真面目なお百姓が必ず最後に報われる。真面目とは農作業における神である。おもしろみのない基礎の工事に時間をかけることを厭《いと》わぬ姿勢が、やがて絢爛《けんらん》たる建造物を築き上げるのだ。

加えて私が看破したのは、優等生とは天然である、ということだ。頭で考え、意図して真面目を貫いているのではない。生来の習性として、そう行動せざるを得ないのである。その証拠に、中学一年での惨憺たる結果を踏まえ、強く新生を誓ったにもかかわらず、迎えた二年の春、最初の「技術」の授業で、私はものの見事にすべてを忘れ、無駄話に花を咲かせていた。畝はふたたび中途半端なものとなり、私は大いなる後悔を胸に、種播きへ突入せざるを得なかった。

三つ子のたましい百まで。できないものはできない。最後まで好きになれない授業だったが、なるほどこうして振り返ってみると、人間の真理に触れさせてくれた、偉大な授業だったのかもしれない。

ちなみに、出来上がった農作物は、家に持って帰る。収穫のあとは、ほんのわずかな間、野菜に対して感覚が鋭くなる。あれだけ時間をかけて作った野菜が、スーパーの店頭で百円にも満たない値段で売られているのを見ると、何だかせつなかった。自分で作った野菜は、家族においしいと言ってもらいたかった。好きではないナスでさえも。おかしいな。くやしいくらいにいい思い出ばかりだぞ、「技術」の時間。

赤い疑惑

みなさんは「トイレ本」という本をご存知だろうか？

実は「トイレ本」とは私がトイレに持っていく本のことである。なので、ご存知か？などと広く訊ねておきながら、ご存知の方などいるはずのない極めてプライベートな本である。

トイレに行くとき、私はどうにもこのトイレ本がないと落ち着かない。きたない話で恐縮だが、例えばおなかの下り超特急発車オーライといったときでさえ、私はわたわた本を探す。腹がやかましく発車ベルを鳴らしていようと、青くなってこれはという一冊を探す。それはまさに一期一会の精神、客に合わせ茶人が茶碗を選ぶ、バーテンダーがグラスを選ぶのとまさしく同じ心——というのはまるでウソで、単に癖である。その証拠に、あれだけ必死で選んだのに、いざトイレに入ると目次のところで用が済んでしまう。本文を読もうとするとかったるくなって、後ろの宣伝本のあらすじを読んでいるうち、フィニッシュする。これでは何のために選んだのかわからない。

私がトイレ本同伴でトイレに入るようになったのは小学生の時分だ。あれは小学六年生のときだったろうか。トイレから出てふと見下ろしたとき、両膝の上のあたりがやけに赤くなっていることに気がついた。くっきりと楕円の形をした真っ赤なマークが、両膝の上に印されている。実に奇妙である。その後、用を済ませ、本を手にトイレから出るたび、私は膝小僧の上のあたりに赤いマークを発見するようになった。私はこれを〝「すっきりマーク」が身体に現れたのか？〟などと推論したが、そんな話聞いたこともない。明日はきっと出現のタイミングを確かめようと思うが、いざ翌日になるとそんなことはすっかり忘れ、またトイレを出て不思議な赤いマークを発見する。

ところがある日、私は突然その答えを得た。賢明なる読者のみなさんは、すでにお気づきのことと思う。そうなのである。便器に腰掛け、トイレ本を一心に読んでいるとき、私はふと身体を起こした。ちょうどそのとき、肘が当たっていた太ももの部分に、あのマークが鮮やかに印されているのを見つけてしまったのだ。単に肘が当たっていただけと気づくのに、私はいったい何年かかったのか。おさなき頃ははるか昔、そのときすでに私は十八歳、近々高校を卒業しようとしていた。まったく人間の馬鹿さ加減とは底が知れない。

今日も変わらずトイレ本を携えトイレに入った私は、膝の上にしっかり「すっきりマーク」を印す。それは心と身体の健康の証——というのはウソで、やはり単に癖なのである。

藪の中

【事実】

ときは一九八三年。

テレビでは、ＣＭでペンギンが松田聖子の『SWEET MEMORIES』をバックに缶ビールを飲み、映画館では高倉健が南極昭和基地前で「タローー！　ジローー！」と絶叫し、テレビ大阪では『まいっちんぐマチコ先生』の後番組として『キャプテン翼』が始まった、そんな時代のあるうららかな日曜日。

場所は大阪府吹田《すいた》市にある、万博記念公園。

かつて日本万国博覧会、通称大阪万博・EXPO'70が開かれた土地が、現在は公園として整備され、小川が流れ、木々が生い茂り、緑が少ない大阪において、数少ない府民の憩いスポットの一つとなっている。広大な敷地のなかには、かの有名な岡本太郎作『太陽の塔』が、その偉容とともに今も四海を睥睨《へいげい》している。

登場人物は当時、小学二年生だった私、幼稚園年中組だった妹、三十代半ばの父、三十代にさしかかったばかりの母の計四人。

時刻は午後五時前くらいだったろうか。家族四人が、そろそろ帰るかと白い石畳が続く目抜き通りを、駐車場に向かっていた。駐車場へと続く広い通りは、左右を森に囲まれていた。通りからはムカデの足のように小路《こみち》が分岐し、うねうねと曲がる細い道が木立の向こうへ続いていた。

ふと左手に続く、一本の小路に視線を投げかけたときだった。

小路の先を、黄色い大きな鳥が歩いていた。

体長は一メートル五十センチほどだろうか。真っ黄色の羽根をした巨大な鳥が、ダチョウのように二本足で、我々から数十メートル離れた小路を横断していた。

我が家最大の謎として、未だ食卓の話題として上る「万博公園でっかい鳥事件」発生の瞬間である。

【万城目学（当時八歳）の話】

小路の向こうに私は巨大な黄色い鳥を発見し、私は思わず声を発したのだと思う。父・母・妹の三人も、その場に立ち尽くし、幅二メートルほどの小路を、黄色い鳥が悠々と横断していくのを声もなく見つめた。しかも、鳥は一羽ではなかった。ダチョウの如く長い二本足で歩くデカい鳥の後ろを、羽根の長いニワトリのような格好をした、全身オレンジ色の鳥がひょこひょこくっついていた。背は先頭に比べだいぶ低く、体長五十センチくらいだったろうか。

とにかく、異常な時間だった。時間にすれば五、六秒だったのかもしれないが、小路の上を『セサミストリート』のビッグバードのような、あからさまに黄色い鳥が横切っていく。さらにその後ろには、見たこともないほど全身オレンジの鳥だ。

それを見て、私は走った。

鳥へと、一目散に駆けだした。

二羽の鳥がいた場所にたどり着いたとき、すでに鳥は横断を済ませ、小路の脇にせり出すように生い茂る、木立の向こうに姿を隠していた。

私は足を止めた。

黄色い鳥が、茂みの向こうからこちらを見下ろしていた。

正確には球体のようにぷっくら膨らんだ、つつじの低木の上から、顔をにゅっとつき出して、私を見下ろしていた。つつじの根元には、鳥の足が見えた。まぎれもない鳥の足だった。ニワトリのように三又に分かれ、鱗のような細かいひだが表面を覆っていた。赤っぽい足の先から、鋭いツメが生えていた。

後ろを駆けてきた妹が追いつき、二人して呆然と鳥を見上げた。数秒後、鳥はふいと踵《きびす》を返し、がさがさと音を立て、木立の奥へ消えていった。

【妹（当時五歳）の話】

実家に戻り、『探偵！ナイトスクープ』を観ると、いつも番組の最後に秘書の岡部まりが視聴者に調査してほしい依頼を呼びかける。このとき、必ずあの万博公園で見た鳥は何だったのか、という話題が家族に持ち上がる。このリアクションを、我が家はかれこれ十五年以上続けている。もちろん、『探偵！ナイトスクープ』にハガキを出したことは一度もない。

その際、黄色い鳥に関するおのおのの記憶が披露されるのだが、五歳だった妹の記憶は当然、多くはない。

妹の記憶はほぼ二点に限られる。一つは派手な色をした鳥が二羽歩いていたこと。一つは兄を追いかけて走り、鳥と目が合ったこと。

これでもよく覚えているほうだと思うが、妹の記憶に残るのは、「鳥を見た」という観察者としての淡々とした印象であり、「怖かった」とか「食われると思った」といった感情的な記憶は不思議といっさいない。

【母（当時三十一歳）の話】

この件に関する母の記憶はひどく曖昧である。三十を過ぎた大人とは思えぬ朦朧とした印象しか、母には残っていない。当時五歳だった妹とほとんど大差なく、「変な色をした鳥が歩いていた」「二羽……だったような気がする」「あんたたちが二人して走っていった」ぐらいで、まったくもって頼りにならない。ただ、他の三人と異なるのは、あの鳥の由来について明確なストーリーを抱いていることで、

「お金持ちが飼えなくなって、万博公園に逃がしたのではないか？　もしくは、檻から逃げて飛んできたのではないか？」

なる自説を、しばしば披露している。

いったいどこからそんなメルヘンな仮説を組み立ててくるのか、私には皆目不明だが、二十年前より母はこの説を唱え、現在に至っている。未だ賛同者は得られていない。

【父（当時三十五歳）の話】

母と同じく、大のおとなだったにもかかわらず、父の記憶もまた非常に朧《おぼろ》である。デカいのが二羽いた、両方とも黄色っぽかった、二人が走っていった、と母に似た記憶を語るばかりである。

【万城目学（現在三十一歳）の話】

霊感のかけらもない私が、これまでの人生のなかで唯一出会った不思議な出来事が、この「万博公園でっかい鳥事件」であるが、不可解に感じる点は多数ある。

なかでも解《げ》せないのが、両親の記憶の曖昧さである。当時の母は、現在の私と同い年だ。もしも今、私がそんなシーンに遭遇したら、それはもう鮮明な記憶を得るはずだ。私が中学に進学する頃にはもう、「う〜ん、そんな感じだったっけ？」などと、記憶が劣化しているなど、ちょっと考えられない。

また、子供を放っておいたことも解せない。一メートル五十センチはある巨大な黄色の怪鳥目がけ、八歳と五歳の子供が走っていったのだ。普通なら、自分たちも何らかのアクションに及ぶはずだ。だが、二人して「お前たちが走っていった」とコメントするのみで、発見地点から一歩も動いた形跡がない。「どうして追いかけなかったのか？」「危険だと思わなかったのか？」という私の質問に、今も両親は困ったような笑みを浮かべるばかりである。

この終始、ぼんやりとした両親の行動を考えるにつけ、あれは夢だったのではないか、としばしば思う。不審なのは、時間の経過につれ、家族の記憶が、私の語る記憶にすり替わっていることだ。私が当時のことを語ると、「あ〜そうだったっけ」と皆がうなずく。だが、「そういえば、こんなことが」という家族の発言に「そうだった」と私が膝を叩いたことは一度もない。

当時三十歳を超えていた両親の記憶は薄れゆく一方で、代わりにそれを補強しているのは、繰り返し私が語る当時の情景だ。例えば母は、私のおさない頃の話を、記憶の片隅より引っ張り出してはしつこいほど聞かせてくるのに、この最も印象深い一件だけ、見事に送受の関係が逆転している。両親が見た風景は、かつて八歳だった私が見た風景に、もはや完全に入れ替わってしまっている。

ときどき、自分の見た夢が、家族の記憶を浸食しているのではないか、などと考えることがある。集団催眠というやつだ。家族全員で、私が見た夢を見たのなら、すべてに説明がつく。もっとも、説明がつくのはいいが、自分にそんなサイコなことができるとは思えない。それに、私が茂みの根元に見た、獰猛《どうもう》な鳥のかぎづめは、決して夢などではない。

今も私は、本屋でぶ厚い鳥類図鑑を見つけるたび、必ず世界の鳥のページをめくる。東南アジア方面の章を開くと、極彩色の鳥が多数紹介されている。もちろんそこに、私が見た黄色の鳥は見当たらない。

私は小説の中に、ときどき変なものを紛れこませる。

その変なものを前にしたときの登場人物のスタンスは、まさにこの一件に対する私の立ち位置と相似形を成す。疑問と推論と反論のループのなか、結局「わからないや」と匙《さじ》を投げる。一度シャッポを脱ぐと、案外、人間はたまにしかそれを話題にしないし、そのまま放っておくことに何の抵抗も感じないものだ。

不思議な話を聞いて想像力を膨らませるのは、決まって第三者のほうである。不思議を経験した当事者は、ただただ茫洋とした表情で曖昧な記憶を探るばかりだ。藪の中の人間は、決して藪の全景を知ることはできないし、藪の外の第三者は、決して藪の中をのぞくことはできない。

藪はいつまで経っても藪のままだ。

木曜五限　地理公民

教室で放屁をする際は、

「屁ぇ出る、屁ぇ出る、北別府ぅ」

というフレーズとともに、腸内のガスを外に排出するのが人間の礼儀だ、と友人より真面目に告げられた昼下がり。私は十四歳だった。

中学生とは、世の中で、最も血中阿呆濃度の高い生き物だと思う。何ごとに対しても、大いに怒り、大いに笑い、大いにめそめそし、大いに妄想を働かせる。少しでも多くの光を、その小さな掌にかき集めようとするが、それらを吸収しきれぬまま、ところ構わず乱反射させる。他人の迷惑など、お構いなし。大人が眩しがる顔を見せたら、それこそグッジョブ。貪欲にして、軽薄。活発にして、怠惰。傲慢にして、小心。純粋にして、極悪。まったく、厄介極まりない。

私が通った中学校に、高見という名前の教師がいた。その男は木曜五限、地理公民の授業のため、教室へやってきた。

　高見は一風変わった授業を進める教師だった。とにかく、生徒を当てまくる。次回までに解いてこい、と指定した範囲の問題を徹底して当てまくる。彼は中学生の本質を、的確に見極めていた。甘い顔をして、放っておいたらどこまでも勉強せず、授業中昼寝するだけ、という性悪説を信奉していた。そして、その考えはおおむね正しかった。

「今日は六月三日だから、六足す三で出席番号九番——と見せかけて、実は六掛ける三で十八番、すたんだっぷ」

　出席番号十八番が立つ。問題集の問題を読んで答える。答えが間違っていると床に正座。次に後ろの席の生徒が立つ。答えられない。正座。はい、次。また、正座。こんな調子なので、クラスの九割が床に正座させられ、正規のイスに座る者がほとんどいなかったこともある。おかげで、高見の授業は常に異様な緊張感が漲《みなぎ》っていた。

　事件は、この高見の授業で起こった。

　主役は三井。三井は強度のビビリだった。人前で怒られることに、極端な羞恥を覚える性質《たち》の正直者だった。

　あの日、高見に当てられ、問題文の朗読および解答を求められた三井は、傍目にも哀れなほどビビっていた。斜め後ろの私の席からも、問題集を持つ手が、緊張に震えているのが、はっきり見えたほどだった。

学習範囲は中東の地理について。三井は途中しきりに噛みながら、問題文を読み上げる。

「アラビア半島の一角を占める、人口二百二十万人のオマーンの首都マスカットはアラビア海とオマーン……」

そこで三井は、急に言葉を止めた。不自然な中断に、クラスの全員が問題集から顔を上げた。

問題文は「首都マスカットはアラビア海とオマーン湾に面し、漁業と交易の中心地となっている」という何でもないものだった。だが、三井はこのとき緊張からくる、混乱の極みに達していた。普段から冗談も言わない、根っから真面目な奴だった。ただ、男なら誰もが通る、ちょっとした思春期の懊悩に、運悪く、足をすくわれてしまったのだ。

「アラビア海とオマーン……」

で途切れ、数秒のブランクののち、三井はぽつりと、

「湖……」

と続けてしまったのである。

その瞬間、大阪の田舎の男子校に笑いの爆弾が落ちた。教室に破裂した笑い声で、本当に床が揺れていた。いったん笑いが収まっても、誰かがふたたび笑いだすと、波となって全員をまきこんだ。十分経っても、男どもはひたすら笑い続け、もはや授業どころ

ではない。教壇の高見も笑っていた。「誰にでも間違いはある」とフォローさえしていた。あれほど些細な間違いを見逃さず、なべて正座を命じていた男の言葉とは思えなかった。もちろん、三井に正座命令はなし。三井の導いた笑いは、「鬼」と陰口された教師の心すら溶かしたのである。

その日より、三井の名前は学校じゅうに轟いた。あんなに笑った経験は、後にも先にも二度とない。とことん生真面目な男が、私の人生最高のスマッシュ・ヒットを飛ばす。

「人間には無限の可能性がある」

この言葉を聞くたび、思い出すのは、あの木曜五限の地理公民と三井のことである。私が笑いの偉大さについて身をもって知った、十四歳の夏の午後。

Kids Return

もともと、私は「たけし映画」が嫌いだった。

中学生のとき『その男、凶暴につき』を見て、暴力シーンが痛々しくて見ていられないと思って以来、ずっと敬遠していた。そもそも、ビートたけしが映画を撮るということが、何となく嫌だった。

私の認識が変わったのは、ＮＨＫで深夜に再放送されていた対談番組を見たときだ。たけしが黒澤明と二人きりで映画の話をしていた。そこでたけしが、なぜ日本映画はおもしろくないのかということについて一方的に語っていた。

たけしは、日本映画には要らぬ説明が多すぎると言う。例えば、ちゃぶ台の上の湯呑みを取って、お茶を飲むシーンがあったとする。日本映画はそこで必ず、俳優が湯呑みを取る動作に入った後、ちゃぶ台をアップにする。湯呑みに手が触れるシーンを映す。これが要らない、そんなものちゃぶ台から取ったに決まっているから、放っておけばよい――と主張するのである。

黒澤明が黙りながらも、やけにうれしそうにその話を聞いていたのも印象的だったが、私は何よりもこのたけしの「説明が多すぎる」のたとえが気に入った。本当にその通りだと思った。

翌日、私はビデオ屋で当時たけしの最新作だった『キッズ・リターン』を借りた。たまげた。こんなおもしろい映画を作る男だったのかと今まで無視してきたことを心から悔やんだ。「見たらわかる」「言わずともわかる」という一貫した北野武の姿勢は、おそろしいほどテンポのいい作品を作り上げていた。本人は今も、映画でいちばん楽しい作業は、編集だと公言して憚《はばか》らない。おそらくサディスティックなほど、無駄な部分を切り取る作業が好きなのだろう。

『キッズ・リターン』は、高校生のシンジとマーちゃんが馬鹿をする、ただそれだけの話だ。だが、それがせつないし、痛々しい。本当に馬鹿なのだ。せっかくボクシングの才能に恵まれているのに、悪い先輩にそそのかされて、見る見る才能を削られていく。ヤクザの世界に入ってとんとん拍子で出世するも、調子に乗って呆気なくすべてを失う。その一方で脇役の同級生たちの生き様も描かれ、ラスト、ほとんどセリフのないなかで展開されていく、若者たちの光と影の対比が鮮やかすぎて心が痛い。

すっからかんになって、また高校の校庭に自転車で戻ってくる主人公の二人。最後のシーン、シンジがマーちゃんに言う。

「マーちゃん、俺たち、もう終わっちゃったのかな」

自転車の荷台で、マーちゃんが答える。

「馬鹿野郎、まだ始まっちゃいねえよ」

その瞬間、爆発したように弾ける久石譲の音楽。この映画を見たのは、私が大学三回生のときだった。これから何をどうしていいのかわからず、くさくさしていた。意味もなくガッカリしていた。そのとき、このセリフがどれほどうれしく響いたことか。

当時は、こんな三十も年が離れた人間の心を揺さぶる言葉を、どうしてビートたけしが思いつくことができたのか、不思議で仕方なかった。テレビを見ても、たけしが若者についてとりわけ考えているようには思えない。だが、他のどんな言葉よりも胸に残る。どうして？

だが最近、作品を見直してふと思った。あれは別に若者を意識した言葉ではなく、そのとき北野武が抱いていた「素」の気持ち、等身大の言葉だったのではないか。長い芸人生活を通じ、たけしは四十を超えてブレイクする人、二十年間苦汁を嘗め続ける人、たくさんの人間の生き様を見てきたはずである。たけし自身も四十を過ぎてから、映画に挑戦した。どの年代の人々にとっても本当は言えることを、たけしは若い二人に言わせたのではないか。

その証拠に、今も私はこの映画を見て、ラストの言葉に胸が熱くなる。これからがそうあってほしいと思う。

「俺たち、もう終わっちゃったのかな」

「馬鹿野郎、まだ始まっちゃいねえよ」

釣りと読書

大学三回生のとき、友人のテッペイくんが急に釣りをしようと言いだした。毎日やることもなく、のんべんだらりと過ごしていた私は、そいつは楽しそうだ、と誘いに乗った。

さっそく道具を買いに行くことになり、形から入るテッペイくんは、上州屋でいきなり一万円もする竿を購入した。けちんぼな私は、店の入口付近で叩き売りに出されていた、千五百円の釣具セットを買った。

初戦の舞台に私たちが選んだのは琵琶湖大津港だった。無謀なことに、私たちはルアー・フィッシングに挑んだ。もちろん、二人ともこれまでルアーなんて触ったこともない。それらしく竿を前後左右に振ってはみるが、果たして湖面の下でルアーがどのように動いているか、まったくつかめない。

結果は散々だった。半日以上、ねばった挙げ句、一度のアタリもなく、私たちは苦い気持ちを抱え、すごすご京都へ退散した。

翌週、私たちは二回戦に挑んだ。今度は思いきり近場で、琵琶湖疏水《そすい》という、琵琶湖の水が鴨川に合流する手前の、ため池のようなところに自転車で向かった。

前回の手痛い敗戦で、私たちは多くのことを学んだ。まず、釣りには我慢の心が必要である。釣りに行って魚が相手をしてくれないと、ひたすら心がささくれだつ。だが、それではわざわざ大自然に接する意味がない。そこで、私たちは本を持っていくことにした。釣れない間に本を読む。釣れない時間も有意義に活用する。ルアー・フィッシングだと常に竿を振っていないといけないので、今度は餌をつけてじっくり待つやり方でいくことにした。本末転倒な気がしないでもない。だが、一匹も釣れないのは、本当にせつなかったのだ。

当日、テッペイくんは一冊の文庫本を持ってきた。表紙には『夢判断　フロイト』と記されていた。おもしろいの？　と訊ねると、おもしろくない、と返ってきた。おもしろくない本であっても自身を納得させて読書に励むのが、大学生の本懐である。かくいう私も、トルストイの『戦争と平和　第一巻』を持参していた。すでに半年にわたる長期戦を繰り広げている、手強い一冊だ。

準備は万端だった。しかし、私たちの目論見はすぐさま頓挫することになる。

前回とは一転、滅茶苦茶、釣れたのだ。小さなミミズを針に刺して、糸を垂らす。それだけで魚がかかった。釣れる魚はすべてブルーギルだった。最初はよろこんでいた私たちも、何の工夫もなく餌に食いつくこの獰猛な魚に、急速に興味を失っていった。針を取り外す際、ブルーギルを触ったあとの手がものすごく臭いのも、マイナス材料だった。

一時間もすると、私たちは竿が揺れていようと構わず、コンクリートのへりに腰かけ、鉄柵を背もたれに読書を始めた。

日射しはうららかで、緑がかった水面に光輪がたおやかに揺れていた。ときおり風がやさしく吹いて、私たちを読書より睡眠と無為《むい》の彼方へ押し流そうとした。

ふと、隣を見ると、すでにテッペイくんは、膝にフロイトを置いて居眠りを始めていた。そのとき、それまでもぞもぞ動いていた彼の一万円の竿が、急にガクンと揺れた。

「のわっ」

テッペイくんは、間抜けな声を上げて目を覚ました。慌てて竿を持とうとするが、竿はフロイトの下である。竿を手にした拍子に、フロイトを前に押しやってしまった。

ぼちゃん、という音を立てて、フロイトが琵琶湖疏水に飛びこんだ。「アッ」と私たちは同時に湖面をのぞきこんだ。水面の向こうに『夢判断』の文字がゆらゆら揺れながら、沈んでいくのが見えた。

テッペイくんの針に食らいついていたのは小型の亀だった。針を抜くのに、相当難儀したあと、私たちは道具を畳んで家路についた。

数日後、学生食堂でテッペイくんに会うと、また『夢判断　フロイト』を買っていた。おもしろいの、それ？　と訊ねると、やはり、おもしろくない、と返ってきた。それでも最後まで読みたいから、と彼は言った。

おもしろくなくても読む。何はともあれ読む。

それが極めてぜいたくな時間の使い方であると知ったのは、私が三十歳になってからのことだ。ましてや、釣りをしながら、ぼんやり本を読むなど、人生最高のぜいたくの一つだと、今となってはわかる。

だが、そのときはそれがわからない。何も考えず、じゃっぶじゃぶ湯水のように貴重な時間を浪費する。それが若さの美しいところであり、憎たらしいところでもある。

あの日から、私は釣りに行っていない。

何でもない昼下がりの、琵琶湖疏水での釣りと読書は、今では素晴らしいぜいたくな思い出として心に残っている。未だ読み切っていない、『戦争と平和　第一巻』とともに残っている。

4章

御器齧り戦記

篤史 My Love

もしも、みなさんが高級感漂うファーニチャー・ショップなどに足を踏み入れたならば、ぜひともお試しいただきたいことがある。

「渡辺篤史《わたなべあつし》ごっこ」である。

ご存知だろうか？　『渡辺篤史の建もの探訪』。テレビ朝日系列で日曜日（執筆当時）の朝に放送されている、私がこよなく愛する、日本を代表する長寿番組である。

その内容はというと、いたってシンプルだ。「おはようございます、渡辺篤史です」のナレーションとともに、渡辺篤史が視聴者のお宅を訪問。玄関でインターホンを押すところから始まり、家のなかをご主人の説明を受けながらぐるりと一周、最後はリビングで「いかがでした？　〇〇さんのお宅」と総括。上品な音楽、ナイスなカメラ・アングル、テンポよいカット割りがうれしい、まさに磐石の構成の三十分である。

そんな『渡辺篤史の建もの探訪』を観ながら、私が毎回、感嘆してやまないのが、篤史の類稀なるコメント能力である。家を紹介してくれるご主人の隣で、目に映るものの触れるものへ、篤史があまねく発する数々の珠玉コメント。その豊富な語彙に基づく淀みなき表現は、ときに「ああ、そういうことか」と気づくまで、一週間かかることもあるほど、まさしく人知を超えて、ひたすら趣深い。

例えば、ある回のバス・ルームを紹介するシーンでのこと。そのバス・ルームは、非常に日当たりのよい造りだった。というのも、壁の上部に小さな窓が設けられ、そこから陽射しがさんさんと降り注いでいたからである。

さて、ぜひみなさんには、ここで実際にシチュエーション・クイズとして、篤史のシャレにならぬコメント能力の高さを実感していただきたい。みなさんは篤史である。

「ここがバス・ルームですね。それじゃ、失礼します」と浴室のドアに手をかける。ドアを開け、壁の上部に嵌めこまれた窓より、まばゆいばかりに光が白い浴室内に注ぎこむのを見て、みなさんはいかなる第一声を発するだろうか？

「いやあ――明るい！」

ブブー。3篤史（篤史はポイントの単位）。

「ハハア、外の光を上手に取りこんでいますねえ」

ブブー。16篤史（MAXは100）。

「ウウム、空間が白にあふれていますね」

少しいい感じになってきたけれども、やはりブブー。残念、38篤史。

そろそろイラッときた方もおられるだろうから、100篤史の解答をお伝えしたいと思う。実際に番組で、浴室のドアを開け、頭より少し高い位置のあたりから光が注いでいるのを認めた篤史は、何と言ったのか？

「おおお、フェルメールの明かりが」

と篤史は言ったのである。

はじめ、私はこのコメントの意味がわからなかった。何か聞き違いをしたのだろうか、とすら思った。だが、私がこの篤史のコメントの真の意味を了解したのは、まさに一週間後、本屋で偶然フェルメールの画集を目にしたときだった。

ご存知だろうか？　フェルメール。「静謐の画家」として知られるオランダ人。代表作は『真珠の耳飾りの少女』（一六六五）。頭に妙な形の布を巻いた少女が、薄闇からぽっと浮かび上がるように、首を回してこちらを見つめているあれである。

そういえば篤史が口走っていたよな、と何気なく画集を手に取り、パラパラとめくったとき、ふとある事実に気がついた。フェルメールの絵の多くに、照射される光が描かれていること、その光は決まって、左手上部の方向より注がれていることに気づいたのである。例えば、『牛乳を注ぐ女』という絵では、ちょうど女性の頭より少し高いくらいの位置から、柔らかな光が女性の左側を浮かび上がらせている。

その瞬間、私は稲妻に打たれたが如く、すべてを了解した。「何ちゅうこっちゃ、何ちゅうこっちゃ」とつぶやきながら、私は急いで部屋に戻ると、前回の『建もの』ビデオを探した。そして私は、浴室の高窓が、左側の壁上部に備わっていたことを確認したのである。つまり、篤史は浴室のドアを開けた瞬間、左手の高窓から光が注ぐのを見て、反射的にフェルメールの絵画を連想し、「フェルメールの明かりが」と、目の前の風景を描写したのだ。

しびれた。心の底から感服した。何というわかりにくいコメントを発するのか篤史、とふるえる心で呼びかけた。

さて、ここで冒頭に戻り、「渡辺篤史ごっこ」である。『渡辺篤史の建もの探訪』における、毎度のクライマックス・シーンが、篤史がリビングにお邪魔し、ご主人こだわりのソファ、またはチェアに腰掛け、リビング全体を見渡してコメントを発する部分にあることは、言うまでもない。視点を下げた位置より、家の心臓部であるリビングを捉え、視線の動きに合わせ、淀みなくコメントを発していくその仕事は、まさしく篤史の真髄と言えよう。

先日、とある高級ファーニチャー・ショップをぶらりとのぞく機会があった私は、一本五千円もするフォークを眺め、明らかに場違いな気分に浸っていた。そんなとき、ふと視線の先に、サイコロのような、かわいらしい形をした黒革のソファを発見した。

「おやおや、まるで私を呼んでいるかのような」

そのとき、私はちょっとした遊びを思いついた。『建もの』の篤史が如く、着席ののち店内を一望し、気の利いたコメントを発するというゲームへの参加を己に課してみたのである。

「いいぞいいぞ」私はこの「渡辺篤史ごっこ」の発想が大いに気に入り、たまさか着ていたジャケットの裾をきゅっと引っ張り（どんな真夏でも、篤史はジャケット主義である）、篤史気分を高めたのち、三十万円相当の高級一人掛けソファにおもむろに腰を下ろした。

さてさてさて――。

私はポカンとした。

あまりのソファの座り心地の良さにポカンとしてしまったのである。とてもコメントを発するどころではない。せいぜい私が思いついたことといえば、「きもちいい」「てんじょうたかい」という、視覚・触覚がひたすらシンプルに訴えかけるところの二項目くらいだ。

敗北感いっぱいにソファから立ち上がり、私は改めて篤史の偉大さを嚙みしめた。もしも私が番組で、篤史の代役としてソファに座り、リビングの感想を述べようとするならば、おそらく腰を下ろす前に、リビングへのコメントをあらかじめ頭に叩きこんでおくことだろう。ソファに座った後は、尻からの感覚を抹殺し、とにかく用意したコメントを先に述べるだろう。そうでもしないと、ソファの気持ちよさに、すっかり頭の中は胡乱《うろん》に陥ってしまうからである。

だが篤史には、そんな順序立てはあるまい。ソファの快感と渾然一体となった、リビング俯瞰コメントを淀みなく発する篤史に、そんな無粋な真似は今さら必要ないのである。

文豪中島敦の代表作に『名人伝』という作品がある。弓の名手が、弓を極めようとするうち、最後には弓の存在すらも忘れてしまう、という話だ。キーワードは「あらゆることの境界がなくなる」という熟練の境地である。その一端を、私は篤史に感じずにはいられない。

おそるべし、名人渡辺篤史。

ひょっとして私、褒めすぎか。

御器齧り戦記

最初にお断りしておくが、今回は全編あの「黒い稲妻」についてである。平安の昔、皿まで喰らおうとする、その浅ましい習性をして、「御器齧《ごきかぶ》り」と命名された、あのゴキブリ目ゴキブリ科の昆虫についてである。ちなみに、れっきとした夏の季語。いったい、どんな句になるんだ。

私は常々、あのゴキブリという生き物が醸し出す、絶大な負のカリスマ性に心を痛めてきた。私はゴキブリが死ぬほど嫌いである。東京にはゴキブリがいっぱいいる。ゴキブリ天国だ。ただ、東京のゴキブリは大阪のゴキブリよりひと回り小さい。種類によっては表面のぬめりも穏やかだ（初めて見たとき、甲虫の仲間かと思ったくらいである）。東京の美点の一つとして、私が非常に評価しているところである。

どうも私は、生まれてこの方、嫌いと思っているものほどよく遭遇する運命にあるらしく、日常生活のなかで、驚くほど頻繁にゴキブリに出会う。部屋が汚いわけではない。

外出した先々で会うのである。壁を、床を、頭の上を、手の上を奴らは音もなく移動していく、もしくは停止している。人間にふた通りの区別があるとしたら、「ゴキブリ第一発見者」と「第一発見者より告知される者」とに分けられるはずだ。私はもちろん前者である。老舗のやきとり屋で部屋に案内されるも、すすけた壁を這うあの野郎を背にオホホと談笑しているOLたちを見て、どうして自分はあの幸せなポジションではないのだろう、と恨みつつ、「やっぱりやめます」と店を後にする。定食屋で床を這うあいつの存在を誰よりも早く店員に告げ、その店員が撒き散らす殺虫剤の匂いに包まれながら、床を逃げ続ける黒い稲光を横目に、「ごちそうさまでした」と定食の小鉢に手をつけただけで席を立つ。

一度、奴と連続六日間屋外遭遇という大記録を樹立したことがある。六日目、私は所用があり、東京から大阪へと移動していた。奴らに占領された魔都からやっと脱出できる、これで当分会うこともあるまい、とほっとする私の靴に、何かがこつんとあたった。何だろうと視線を落とすと、ミニなあいつが、長い触角を回し、逃げ場を探していた。言葉の出ない私に尻を向けると、大慌てで前の座席の下へ逃げていった。そう、のぞみの指定席でもゴキブリと出会える。いつかスペースシャトルに乗る機会があったとしても、大気圏外で出会える気がする。

ゴキブリは鳴く。本当である。ただし、眺めていただけでは鳴かない。手で脇をつまんでやらないと鳴かない。私が中学生だったある夏の夜、脛《すね》を這ってくる何かの気配を感じた。私はそれを膝頭のところでつかむと、ぽいと投げ捨てた。つかんだ瞬間、それは指の間で「きゅ」と鳴いた。暗闇のなか、寝呆けた頭で反射的にやった仕業であるが、翌朝、目が覚めてしばらくしてから、手の感触と「きゅ」という声を思い出した。夏の夜に、脛を這う生き物の可能性を考えたが、残念ながら一つしか思い当たらない。朝食は抜きで、私は学校へ向かった。

実家にいた頃は、ゴキブリが出ると、『ミセス』を丸め、母が片っ端から撲殺していってくれたので、子らは非常に安心してゴキブリの「第一発見者」たるだけで済んだ。壁を指差し、叫んでいれば、脅威は去った。

しかし、子はいつか親離れをしなければならない。京都で一人暮らしを始めた私にも、いつか奴らの洗礼を受ける日はやってくる。あれは大学二回生くらいのときだったろう。昼寝をして目が覚めると、真上の天井に奴が張りついていた。人間が真に大人になるのは、結婚できる年齢になることでも、普通免許を取得できる年齢になることでも、成人になり選挙権を得ることでもない。責任もって、奴を退治できたときである。私はその日、真の大人になった。

いったい、人間をふた通りに区別するとするなら、「ゴキブリを前に戦う者」と「逃げ出す者」に分けられると思う。その触角が感知する狭い範囲の他に、世界を何ら理解していないゴキブリが、地球上で間違いなく最凶最悪の生き物である人間の心胆をこれだけ寒からしめる。そのおそるべき負のカリスマ性は、今日も日本のどこかで、一人暮らしのお嬢さんに「助けて」コールを、親か恋人か友人にかけさせていることだろう。

私は先ほど、ゴキブリを前にした人間に与えられる態度として、「戦う」と「逃げる」の二つの選択肢を挙げた。だが、ここにもう一つ、選択肢を加えることもできるかもしれない。

「なかったことにする」である。

これは一人暮らしをしている女性に、「あれが出たときどうするのか？」と訊ねると、意外に返ってくる回答である。例えば、奴がベッドの下に素早く隠れたとする。私なら、ベッドを少し移動させ、ゴキジェットプロを壁の隙間から噴射、驚いてベッドの下から出てきたところを、ぶ厚いフリーペーパーで撲殺、川中島の戦いで山本勘助が試みたキツツキ戦法を現代に蘇らせることだろう。

ところが「なかったことにする」場合、ベッド下に奴が消えた時点で休戦である。いや、そもそも戦闘状態が存在しない以上、休戦もあり得ない、という解釈が成立するかもしれない。ベッドの下は翌日以降も確認しない。姿を見せないことだし、いなくなったと判断する。確かに、奴らはいずれいなくなるだろう。だが、その昔、膝頭に登られ「きゅ」と鳴かれた者としては、到底肯《がえ》んじえないアプローチである。やはり、私は戦わざるを得ない。奴らの不在証明を得ないことには、いつになっても眠れない。

戦いは憎しみを生むだけ、と言う。

去年の夏は、かつてないほど、私とゴキブリとの確執が深まった年だった。ゴキブリを怖れすぎるがゆえに、完全武闘派へと転じた私と、連中との仁義なき戦いが繰り広げられた一年だった。

壁を伝う特大Gを、ぶ厚いカタログで攻撃、あまりにクリーン・ヒットしすぎて、粉砕された奴の体の破片が、頭に降りかかってきた「黒い雨」事件。そのとき、つい取り落としてしまったカタログを拾うと、アタック面を親指が「ぬるっ」とつかんでしまい、ふたたび悲鳴が轟いた「Gの悲劇」事件。風呂場でヒノキの香りがする黒い洗顔石鹼を使っているのだが、床に破片が落ちていたので拾うと、「パリッ」と縦に二つに割れた「疑惑の黒い羽根」事件。そして最後に訪れた、最大にして最悪の「G16」事件——。

ことの起こりは、猛暑により、シンク下より漏れる下水の悪臭が、部屋じゅうに漂うようになったことに因《よ》る。私はシンク下の収納スペースの開き扉をガムテープで固定、隙間からの悪臭の漏れを封鎖する戦術に出た。効果はてきめん。部屋の悪臭問題は一気に解決された。

事件はそれから三週間後に起こった。久々に料理でもしようかなと思い立った私は、包丁を取り出そうとして、シンク下の収納スペースを封鎖したままだったことを思い出した。私はガムテープを外して、扉を開けた。開けたところに、奴がいた。

ぎゃっ、と叫んで、慌てて扉を閉めた。武器（ゴキジェットプロ）を取りに向かいながら、落ち着け落ち着けと何度も心に言い聞かせた。だが、落ち着けるはずなかった。一瞬、扉を開けただけで、私は素早く「三匹」を確認していたのだ。

胸が縮んで、ぷちゅんと潰れてしまいそうなほどの恐怖を抑えながら、私はふたたび扉を開けた。やはり、三匹いた。まさに『三匹が斬る！』。役所広司はどれだ。いや、そんなこと言ってる場合じゃない。

三匹は動かなかった。ゴキジェットプロを大量噴霧しても動かない。どうやら、死んでいるようだった。私は懐中電灯で奥を照らした。何だか、黒いものがいっぱいいた。引っくり返っていたり、ゴム手袋の指と戯れていたり、上半身だけになっていたり。シンク下で人知れず、営巣活動が行われていたことは明らかだった。三週間でいったい、何世代の営みが続けられたのか。連中は全員、干からびて死んでいた。ゴキジェットプロにあぶり出され、五ミリほどの唯一の生存者が飛び出してきたが、瞬殺された。

「おえっ、おえっ」と繰り返し、涙を流しながら、私はシンク下のすべてのものを捨てた。「ハイサッサ」等の袋を持ち上げるたび、極上の恐怖が待ち構えていた。期待を裏切らず、奴らは物陰に必ず潜んでいた。結局、現場より計十五匹の死体を回収。先述の一匹を加え、「G16」の全容が明らかになった。おそらく卵持ちの一匹が紛れ込んだところで、入口をガムテープで封鎖されたのだろう。シンク下に食料はない。そこで、生まれた子は親の死体・糞を食し成長、さらに……、と阿鼻叫喚の世界が繰り広げられていたのである。入口のところにいた三匹は、ガムテープの隙間から漏れる外気を求め、ひたすら前進していたのだろうか。何だか『ショーシャンクの空に』を思い出し、Gの気持ちになってシュンとしてしまった――はずがない。

シンク内のすべてを捨て去り、床に散らばる得体の知れぬ黒い煤・粒・足を拭き取り、綿密に現場検証したところ、実はクーラーの排水パイプが下水に接続する部分に、大きな隙間があることが判明した。

ガムテープを丸々一本使って、封鎖した。その後、ずいぶん匂いはマシになり、連中に至っては一匹も現れなくなった。もっともそれは、単に夏が終わったからかもしれなかった。

日ごと、暖かくなっていく気候とともに、私は戦いの日々が今年も着々と近づきつつあることを、肌に感じている。もしも、私がドラゴンボールを七つ集めたなら、迷うことなく「この世から、あの黒い稲妻の存在を消し去ってくれ」と頼むだろう。ギャルのパンティーを頼んでいる場合ではない。生態系にどう影響しようと、知ったことではない。

もっともお願いをしたところで、神龍《シェンロン》から「私より力の勝る者の存在を消すことはできない」とにべもなく拒絶されそうな気がして、おそろしい。

ねねの話

中学生の頃、急にこんこん咳が出始め、なかなか治まらないので病院に行ったらぜんそくだと診断された。

私はぜんそくというと、小学校で泊まりの旅行などに行ったとき、保健室の先生に付き添われ、苦しそうにぜいぜい息をしているクラスメイトのイメージが強かったため、自分もそれと言われたときは驚いた。もっとも、ぜんそくにも程度があるようで、二週間ほど医者に通って薬をもらっているうち、咳は治まった。あの泊まり旅行のたび、ぐったりきていたクラスメイトのようになったらどうしよう、と一時は心配したが、以来ぜんそくの気配はない。

通院している最中、アレルギーのパッチテストを受けた。ほんの少しチクリとする程度の注射をする。もしも、次回通院するとき赤く膨らんでいたら、アレルギーがあるということだ。帰り道、赤信号で自転車を停止させると、ハンドルを握る腕の内側に二×

四列の注射痕がくっきり見えた。何だか人造人間になる手術を受けたような感じがして、意味もなく得意な気分になった。

　家に帰って、妹に、

「人造人間みたいやろ。もしくは、真田の六文銭みたいでかっこいいやろ」

　と腕の注射痕を見せると、

「クリリンのデコみたいやな」

　というにべもない感想が返ってきた。

　アレルギーなど何もあるまい、と根拠のない確信を抱いていた私だったが、実際は検査した成分の半分以上に対して陽性、すなわちアレルギー反応が検出された。今となっては詳細はあやふやだが、ネコにアレルギー反応を示したことだけははっきり覚えている。赤く膨らんだ注射痕を眺め、「ああ、これで一生ネコを飼うことはないな」と強く思った。

　それから十年後、妹が突然、ネコを拾ってきた。

　何でも公園のベンチに座っていたら、ニャアと近寄ってきて、目から盛んに「連れて帰ってくれ」ビームを発していたのだという。

　ちょうど同じ日に、当時、大学五回生だった私は二カ月にわたる就職活動の末、ようやく一社から内定の連絡を受けた。内定を得た旨、大阪の実家に連絡すると、電話口で母親が、妹がネコを拾ってきたと言った。飼うのかと訊ねると、わからない、お父さんが帰ってきてから相談する、と返ってきた。京都に下宿して、大阪にはあまり戻らない身なれど、家に帰って見知らぬネコが歩いているのは何だか嫌だなと思った。

一週間後、内定を得た会社に用があったついでに実家に戻ると、ネコがいた。この前の電話では、明らかに非歓迎ムードを発していた母親が、

「内定をもらった日にやってくるなんて、福を運んできたにちがいない」

と大幅な転向を果たしていることには閉口した。

そのネコは全身が黒かった。丸い顔に丸い目をしていて、黒目がやけに大きかった。音もなくフローリングの床を歩く後ろ姿はなかなか精悍で、その長い足はかつてJリーグ・ガンバ大阪に在籍した「浪速の黒ヒョウ　エムボマ」を彷彿とさせた。

「かわいいやろ」

と同意を求める妹の言葉には応えず、

「あの足のへん、エムボマみたいやな」

と言うと、

「メスやで」

と返ってきた。

小さくも大きくもない体長だが、骨格はしっかりしているところから見ると、成猫の

ようである。幾つなのかと訊ねると、予防接種をした際、獣医さんに診てもらったら、案外年を取っていて、人間でいう三十歳か四十歳あたりではないか、と言われたという。名前は決まったのかと訊くと、「キキはどうだろうか」と言う。黒猫でキキとはあまりに安易ではないか、と即座に反対を表明すると、じゃ、何がいいと思うのかと言う。

「ねね、はどうだろう」

と私は提案した。なぜ、ねねなのかと重ねる妹に、私は白い目を向け、

「おいおい、ねねといえば、ご存知太閤秀吉の出世を陰で支えた、良妻、賢女として名高い北政所《きたのまんどころ》のことではないか。年齢的におばさんだというし、ここはねねがよいであろう」

とその心を解説した。ははあ、と妹はにぶい顔でうなずいていた。

実家に滞在する間、ネコアレルギーである私は、いっさいネコに触れなかった。せいぜい足でつつくぐらいだった。寝ているところを足の親指でぐいと押したら、嫌そうな顔を向け、小走りで逃げていった。

京都の下宿に戻り、しばらくして実家に電話すると、ネコの名前が「ねね」になったと知らされた。何の思い入れもない相手の名付け親になるのは、何だか妙な気分だった。

数カ月に一度帰省するたび、ねねは確実に太っていった。家族の者は「そんなことない」と言うが、たまに見る私が明らかに違和感を覚えるのだから間違いない。後ろ姿も

いつの間にか腹やら尻に肉がついて、足がずいぶん短く映る。もはや、何をどう見て「エムボマ」などという連想を得たのかわからない。

太る前からそうだったのか、それとも太ったからなのか、どこまでも鈍くさいネコだった。よく、棚から棚に移動するとき、目測を誤って落ちていた。もしくは前足だけ引っかかって焦りまくっていた。もっとも、活発に動くことはまれで、ほとんどの時間、日当たりのいい場所で丸まって寝ていた。ネコの仕事は寝ることだとつくづく実感した。少しでも寝心地のいい場所を探しだすのは、それが仕事だからだろう。ソファに腰掛けようとすると、たいてい、いちばんいい場所にねねが寝ていた。「居候のくせに生意気なんじゃ」と尻を足の指でぐいと押すと、不貞腐《ふてくさ》れた顔で面倒そうに場所を移動した。

「ねねは居候ちゃうで！　家族やで！」

とすぐさま女性陣から非難の声が飛んできて、ああ、鬱陶しいこっちゃ、と私は顔をしかめた。

私とねねの仲は良くなかった。だが、家族に言わせると、ねねは案外、私を気に入っているらしかった。確かに玄関に置かれた私の靴の内側をおそろしく真剣な顔で嗅いでいたり、イスに座って新聞を読んでいると、突然足に身体をすり寄せ去っていったりした。

出自が野良だからか、ねねは自分から人に近寄らなかった。膝の上に甘えてのっかるなど、絶対になかった。無理に抱きかかえられ、よく逃げようともがいていた。それだけに、ハスキーな声でにゃあと言って、身体をすりつけていくのは、相当な親愛の証である、と母親は主張した。

「そんなことあるもんか」

と私は照れもあり、頑なにそれを認めなかった。

その夜、風呂から出ると、玄関前でねねが丸まっていた。両者、視線を合わせるも、相手が立ち去る気配はない。私は試しに近づいて、そっと黒い身体を撫でてみた。つるんとした毛並みが、冷たく心地よかった。ついでに尻のあたりをこちょこちょしてみた。ねねはどこかうっとりした様子で虚空に視線を送った。

「何だ、意外とかわいい奴じゃないか」

少しやさしい気持ちになった瞬間、急に身体をひねったねねにかぷっと手を噛まれた。

「イタッ!」と慌てて引っこめると、手の甲にくっきり歯形の痕が残っていた。

「このくそネコめがァ!」

阿修羅の如き形相で立ち上がった私の足元を、思いもしない俊敏さで黒ネコは逃げていった。

ベッドに入っても、私は手を掻き続けた。噛まれた痕が、くっきり赤く腫れている。なるほどアレルギーとは厄介なものだと思った。噛まれた場所が痛い。同時に痒い。だが、掻いたところで何も治まらない。私の身体に侵入したネコの抗原を細胞が撲滅するまで、鈍い痛がゆさは続くのだ。

私とねねはふたたび冷戦に突入した。

七年間、ねねは大阪の実家にいたが、結局一度も彼女を抱かなかった。それでも、ときにドキリとするほどの勢いで、ねねは私の足に身体をすりつけ、ごろごろ喉を鳴らした。気分をよくして身体を撫でたら、必ず手を噛まれそうになった。すでにタイミングをわきまえた私は、素早く手を引っこめ、「フンッ」と睨みつけた。

去年の春、実家に戻ると、ねねが机の花瓶に頭を突っこみ、しきりに中の水を飲んでいる。喉が渇いているのかと訊ねると、腎臓の具合がよくないねん、年やねん、と妹が心配そうな顔で答えた。

よくよく観察すると、黒い毛並みがいつの間にか灰色がかった色合いに変わっている。この家にやってきて七年。もはやねねは、私がかつて抱いた北政所のイメージをはるかに超え、本当のおばあさんになっていた。

夏に帰省したときも、ねねは花瓶の水をよく飲んでいた。腎臓の調子は悪化しているとのことだった。三カ月後に結婚式を挙げる予定の妹に、結婚したらねねはどうするのか訊ねると、新居はペットがアカンからこっちに置いていくと答えた。

拾い主ゆえか、やはりねねは妹を第一主人と考えているようだった。その主人がもうすぐ家を出て行くことを知っているのか知らないのか、花瓶の水を舐めるように飲み、マッサージチェアに上り身体を丸めた。しばらくして寝息が聞こえてきた。ときどき、「ふえ」と間の抜けたいびきを発した。

妹の結婚式を一週間後に控えた日、実家に電話をすると母親が「ねねちゃん、もうアカンかもしらん」と暗い声で告げてきた。すでに腎臓が完全に機能を失い、獣医に連れていくも、これは老衰です、もうどうにもなりません、と伝えられたのだという。「ねねちゃん、結婚式の日に死ぬような気がする。あの子が結婚して、家から出て行くのを見送ってから死ぬような気がする」

と母親が真面目な声で言うのを、「そんなことネコにわかるもんか」と私は鼻で笑った。いや、ねねはわかっている、と頑固に言い張る母親に、帰省の日時を伝え、私は電話を切った。

結婚式の一日前、私は実家に戻った。もはや丸くなることもできず、横に倒れるようにして、フローリングの上にねねが寝ていた。鮮やかだった白目は濁り、ぼんやり宙に視線をさまよわせていた。そっと毛に触れるも、嫌そうに身体を揺らしたので、すぐに手を引っこめた。これは明日までもたないのではないかというほど、急激な衰弱の度合いだった。

もはや立つことも無理そうに見えるのに、ときどき様子を見にいくと、忽然と姿が消えている。慌てて家族が家の中を探すと、場所を変えて倒れている。ひょっとしてもう死んでいるのではないか、と一瞬疑うが、よく見ると腹のあたりが大儀そうに上下している。こんな状態になっても、少しでも気持ちがいい場所で横になりたいものらしい。やはりネコが生きる最大の目的は気持ちよく寝ることなのだ。

その夜、テレビのスポーツニュースを見ていると突然、玄関から「フギャアァ」と何かの鳴き声が聞こえてきた。続いて、

「アカン！　ねねちゃん、アカン！」

と母と妹が叫んでいる声が聞こえた。息をするのもやっとなはずのねねが、玄関のドア前に立ちこれまで聞いたこともない凶暴な声を上げていた。外に出せということらしい。家にやってきてからというもの、ねねは決して外に出ようとしなかった。一度だけ試しに散歩に連れ出したら、すっかり怯え、妹の肩にすがりついたまま一歩も自分で歩けなかった。腰が砕けた情けない姿に、どうやって野良をやっていたのだろう、と誰もが不思議がった。

そんな臆病なネコが、外に出せと叫んでいる。母と妹が必死でそれを止めていた。死はすぐそこに来ていた。

しばらくしてふたたび様子を見にいくと、ようやく落ち着いたねねの横で、母と妹が身体を撫でていた。お互い泣き腫らした顔を見比べ、「明日どうしよう」と笑い合った。

結婚式の当日、私は式の前に用事があり、朝の五時に起きた。洗面台に向かうと、風呂場の扉の前でねねが倒れていた。名前を呼ぶと、いかにも億劫そうに目を開け、一瞬視線を向けると、ふたたび目を閉じた。

私は結婚式のあと、そのまま新幹線に乗って東京に戻る予定だった。家を出発する前に、ねねとお別れをした。大したネコだと心から思った。

無事、式を見届け、東京に戻ると電話がかかってきた。

電話口で母親はねねの死を告げた。

式場に向かう花嫁たちを見送ってから、ねねは誰もいない静かな家でこの世の生を終えたのだという。

七年前、自分を拾ってくれた主人とともに、ねねは我が家を去った。

高みをめざす

テレビで、雑誌で、ショッピングモールの特設広場で、私はそれをたびたび目にしてきた。

それに挑む人たちの姿を見ると、私は常にもどかしい気持ちになる。「志村、うしろ、うしろ」と相手がテレビでも言わずにはいられない、そんな気持ち。

「ああ、そこの手をそっちにすりゃいいのに」

そそり立つコンクリートの壁に、色とりどりのブロックが突き出している。赤色、青色、黄色、緑色、黒色——それらのブロックに手をかけ、足をかけ、人々は壁面を登る。するするてっぺんまで行ってしまう人もいれば、途中、壁に貼りついたまま固まってしまう人もいる。それを見守る観衆の目は、もどかしさでいっぱいである。ああ、その欲をかいて伸ばした右手をそっちにずらしたらいいのに、その無理な体勢の左足を一段下ろせばいい足場になるのに——。

壁に貼りついたまま動かぬ人を見上げる外野の心の声は、ますますやかましい。されど、壁の人は動かない。やがて、にっちもさっちもいかなくなった挑戦者は、やけくそ気味に無理なアタックを試みる。しかし、敢《あ》えなく手を滑らせ落下。

「ああ」

ぶらーんと宙づりになって命綱のお世話になる挑戦者を見上げる人々の口から、吐息が漏れる。私はフウと息を吐き出したのち、おもむろにチョークバッグに手を差し入れる。

「客観的——そうキーワードは客観的なのだ。壁に向かう本人は、もうどうにもならないと思っているが、実は突破口はすぐそこにある。その手を、その足を、ほんの三十センチ動かせば、一気に次の突破口が開ける。なのに当人は気づかない。無理な体勢から壁を見上げ、狭い視野に映ったもののなかにばかり、解決策を見出そうとする」

「つまり、必要なものは戦略である。登る前にゴールまでの道筋をある程度描く。もちろん、机上での想像ゆえ、現実との齟齬も生まれよう。だが、それは我々が生きる時間のなかで、いつも起こり得ること。それにしても、このフィーリング、何かにとても似ているような気がする。何であろう？　そうだ。これはまさしく、小説を書き始める前の気構えにソックリではないか」

壁を見上げ、つらつら思いを馳せる私の隣から、「あの、そろそろ始めてください」

という声がかかる。おお、すいません、と慌てて一歩壁に進む。丸い曲線を描く赤色の出っ張りに、白い粉まみれの手をかける。壁を見上げると、はるか彼方にゴールの赤ブロックが見える。

「始めます」

と声を発し、私はクライミングを開始する。

なぜ人は山を登るのか、それはそこに山があるから。

では、なぜ私はクライミングをするのか、それは体験ルポの記事を頼まれたから、などという野暮な答えはしない。

純粋に一度、私は室内クライミングをしてみたかった。色とりどりのブロックが並ぶ壁面を登る行為に、不思議と心惹かれた。壁に立つ当人と、それを見上げる観衆との認識の差が、他のスポーツに見られぬほど大きいことも興味深かった。果たして自分も壁を登ったとき、まわりから「ああしたらいいのに」ともどかしい思いを抱かれるのだろうか？　壁に貼りついたとき、あのようにまわりが見えなくなるのだろうか？　それを実際に試したくて、私は壁の前に立った。

訪れた屋内クライミング専用の施設は、小さな体育館くらいの大きさがあった。内壁一面に、さまざまな色のブロック（専門用語でホールドという）が設置され、平日昼間にもかかわらず、多くの老若男女が壁をよじ登っていた。

まず私が挑戦したのは、ボルダリング壁である。高さ四メートルの壁に、所狭しとホールドが出っ張っている。そのホールドに手をかけ足をかけ、てっぺんを目指す。命綱はない。下にぶ厚いマットが敷かれ、てっぺんのゴールを示すホールドに両手をかけたら、あとは適当なところでジャンプして降りる。

ただし、そこらじゅうに突き出したホールドを好き勝手に使ったら何の苦労もないので、「縛り」を設定する。例えば、青色のホールドだけ触れることができる、赤色のホールドだけ触れることができる、といった制限を加えることで難易度が生まれる。

インストラクターの説明に従って、まずは青色のホールドのみ使って登ってみる。ゴールまで一直線、両手足を交互に動かし、案外するすると到達することができた。じゃあ次はピンク色を、と言われ、ほいほい挑戦する。今度は直線的な動きではなく、横や斜めにホールドが配置され、多少難易度が上がるも、これまたするっと登攀《とうはん》する。

おやおや、ひょっとしてデキる奴なのかしら、私？

何だか愉快な気持ちになってきたところで、それでは壁を替えましょうと隣の壁に移動した。最初の壁の斜度は八十度だった。ゆえに常に身体は前に倒れこみ、安定感も得やすい。次は九十度、垂直である。さあ、緑のホールドを伝って、あそこのゴールを目指しましょう、今度は少しコース取りを考えないといけないですよ、とインストラクターがコースを指で示す。なるほどスタートと同時に横に大きくコースが展開し、それを伝って「コ」の字を描くようになっている。

チョークバッグに手を入れ、頭の中で身体の動きをシミュレーションしてみる。だが、最初はここ、次はあそこと考えてみても、両手両足の四動作を追ううち、すぐに混乱してしまう。

結局、まあいいや、まずはやってみようと立ち上がる。粉で白くなった指をスタート位置のホールドにかけ、うんしょと足を下のホールドに乗せる。さあ、左足を次のホールドにかけよう、と股をぐいと開いたとき、「ぴきぃ」と尻のあたりで何かが鳴った。

あたたたた。

尻をさすりながら、壁を放棄しマットに転がる私。尻の筋肉がたいへん痛い。私のプリプリ尻の下に、こんな筋肉が人知れず活動を続けていたのか、と認識を新たにさせてくれる痛み。確かに、生まれてこのかた、壁にぴたりと貼りつき、視界の端にやっと映るような出っ張りに、無理矢理足を持っていったことなどない。おそらく、尻の筋肉も驚いたのだろう。

奥深い尻の痛みをさすりさすり、何がいけなかったか考えた。足が短かったのがいちばんいけなかったのだろうが、ここはまだ初心者コースである。短くたっていけるはずだ。

私が小休止する間、同じコースにチャレンジする人がいる。本当に同じコースかと疑うくらい、すいすいゴールに到達してしまう。充実感に満ちたさわやかな笑顔とともに、軽やかにマットに降り立つ人と交代に、早くも尻のダメージから復活した私が壁に進む。先ほど失敗したときと同じく、少々無理な体勢で左足を開いてみるが、尻の内側にふたたび不穏な雰囲気を感じ、慌てて股を閉じた。どうしよう、一歩目から無理である。

さっきの人はどうしていたのかな、と早くも途方に暮れていると、

「足場の右足を工夫しましょう」

とインストラクターから声がかかった。どうやら足場で踏ん張る右足の置き方に問題があるらしい。そこで私は、壁に、

→（右足）

←（左足）

こんな感じで貼りついていた足を（矢印が親指の向き）、

←（右足）

←（左足）

というように変化させてみた。

するとどうだろう。内股気味なのが少々気恥ずかしいけれど、尻にいっさい負担をかけることなく、実にスムーズに左足をぐいと次のホールドへ持っていくことができるで

はないか。

私の愁眉《しゅうび》は俄然、開いた。

それから私の快進撃が始まった。ホールドの大きさ、位置、向きが千差万別であるように、こちらの身体の使い方も千差万別であるべきである。一見、不自然と思われる体勢のほうが、逆に足に力が入ることもある不思議。そのことに気づいた私は、あれよあれよという間にコースを踏破。すがすがしい笑顔とともに、ゴールのホールドを両手でつかみ、すとんとマットに着地したのだった。

その後、ボルダリング壁からトップロープ壁へ場所を移し、私の挑戦は続いた。トップロープ壁では、高さが一気に十メートルまで上がるかわりに、腰に用具を装着し命綱をつける。

急勾配を私はずんずん登る。もっとも、クライミング初経験の私である。何もかもスムーズにこなせるわけがない。最大の強敵、重力の前には、為す術もなくシャッポを脱ぐほかない。

傾斜が九十度を超えると、身体がはがれ落ちぬよう、常にホールドを握って支えなければならない。汗まみれになりながら壁を登ること二時間、私の握力はすっかり低下し、百度の斜度がある壁を二、三ステップ登っただけで、指に震えがきて、ホールドを離してしまう。命綱一本に支えられ、ぶらーんと宙に浮き、何ともみじめな気分になる。

どうやら筋力もそろそろ限界の様子である。私は最後の挑戦と、インストラクターに、斜度九十度以内で、できるかできないかギリギリのコースを教えてくださいと頼んだ。

ちょっとこれは難しいかもしれませんが、と案内された壁の前に立ち、頭上を仰いだ。壁には他に色鮮やかなホールドが顔をのぞかせているのに、「赤だけを攻める」と決めると、他のいっさいが目に映らなくなるから不思議だった。

「始めます」

ホールドに手をかけ、身体を持ち上げた瞬間、頭の中から雑念が消えた。どうやったら次のホールドをつかめるかに、すべての感覚が集中する。慎重かつ大胆に、まさしくアタックチャンスの心意気で私は壁をよじ登る。何だか調子がいい。足場にどのような体勢で足をかけるか、自分でも驚くほど的確に選択ができる。

地上八メートル、最後の三ステップを前に私は動きを止めた。

すでに左腕は肘まで震えが来ている。次に右手を出すとき、一瞬の間、左手で全身の体重を支える必要がある。

落下かゴールか。まさしく勝負のときだった。壁に頬をあてた無理な体勢ゆえ、こうして考えている間にも、左腕は消耗している。のるかそるか、やるしかない。

震える左腕に力をこめ、右手を離した。

気づいたとき、右手が落花生のような形をした赤いホールドをつかんでいた。あとは勢いで一気にゴールに向かった。

ご満悦の表情で、私は地表に帰還した。勢いを駆って、一度挑戦するもまったく歯が立たなかった、ボルダリング壁のコースを、最後の最後にリトライすることにした。ひょっとしたら、上達の成果があらわれ、できなかった場所ができるようになるかもしれない。

だが、私は同じ場所で呆気なく失敗する。

どうしたって、足が届かなかった。やはり、そう簡単に伸びるものではないらしい。

っち

大学卒業後、私は化学繊維会社に就職した。

新入社員研修を経て、静岡にある製造工場に配属された。私の配属先は経理係だった。工場に到着して、すぐさま職場デビューかと思いきや、その前に製造現場を知るための現場実習が待っていた。マシンが休みなくうなり続ける工場で、三交代勤務をひと月こなした。

現場の人と話をすると、ふた言目にはどこに配属か訊ねられた。「経理係です」と答えると、例外なく「うわ、清水さんとこだ」と、〝あちゃー〟感あふれるリアクションが返ってきた。理由を訊くと、清水さんはとても怖い人だから、と誰もが口を揃えた。その清水さんが、私のひと月後の上司、経理係長だった。

現場実習を終え、私は経理係に着任した。清水係長は、背が低く、がっしりとした体格をしていた。腕が太く、長年柔道をやっていたため耳が潰れていた。声は地を這うように低く、得もいわれぬ迫力があった。

「仕事は今川に教えてもらえ。早く覚えろ」

と渋みのある声で告げられた。太い眉の下から、係長の大きな目玉を向けられただけで、私は縮みあがった。現場の評判に偽りはなさそうだった。

経理の仕事を始めて一週間が経った頃、私の歓迎会が行われた。居酒屋で係長の横に座り、ひたすら緊張を持続させていると、係長が唐突に、

「今川っちは休日とか何してるんだ？」

という質問を発した。

私は驚愕した。一瞬、聞き間違えたかと疑った。

今川っち？

日々、私に経理業務のノウハウを粘り強く教えてくれる、二年先輩の今川氏は、確かに誠実そうではあるが、決してかわいげのある顔ではない。その相手に、今川っち？

「っち」と聞いて連想されるのは、何といっても、「たまごっち」「やべっち」に代表される、「ちょっとかわいく語尾に添えちゃった」的使用法であろう。だが、「たまごっち」が流行《はや》ったのは、はるか数年前。また、係長が「やべっち」に共感しているとも思えない。いや、それよりも瞠目すべきは、呼びかけのなかに含まれる親愛の情である。今川氏は、係長から「今川っち」と呼ばれるほど、信頼を勝ち得ているのだ。すごい。

私もいつの日か、「マキメっち」と呼ばれるほど、係長と強いきずなを築くときがくるのだろうか。いやはや、想像がつかない——。

しずしずと杯を傾け、「今川っち」ショックを受け止める私の耳を、さらなる衝撃が襲った。

「最近、ウチの子供っちが——」

相変わらず怖い顔で、係長がご家庭の話を始めたとき、私は完全に係長の正体を見失った。

いくら子供がかわいくたって、人前で言っていいことと悪いことがある。しかも、聞けば三人いるお子さんのうち、上はもう高校生というではないか。高校生で「子供っち」はないだろう。

この人は相当の親バカなのだろうか？　おそるおそる隣をうかがうも、どこか憂いを帯びた、おっかない横顔から、そんな傾向は微塵も見受けられない。わからないなあ係長——もやもやした疑念とともに、私はぐいと杯を飲み干した。

だが、そんな私のわだかまりは数日後、あっさり氷解する。昼どきの工場食堂で、今川氏と休日の予定を話し合っていたときだ。

「おれっちは車で行くけど、マキメも乗っていく？」

私は味噌ラーメンをすする手をピタリと止めた。おれっち？　私は呆れながら、顔を上げた。

「おれっちはないでしょう」私は思わず、抗議の声を上げた。「係長もそうですが、何でもかんでも『っち』ってつけたらいいものではないと思います」

相手はきょとんとした顔で私を見つめていたが、突然、カラカラ笑い出した。

「ちがう、ちがう」

「何がです」

「静岡弁で〝たち〟っていう意味だよ。だからおれっちなら、俺たちって意味」

刹那、〝今川っち〟〝子供っち〟が、係長の低い声色とともに蘇った。

私の口元から、味噌ラーメンのコーンが一粒、ぽとりと落ちた。

Fantastic Factory Ⅰ

先日、一枚のＤＶＤを買った。

『工場萌えな日々』というタイトルのＤＶＤである。

その内容は少々変わっている。全編工場の映像をひたすら流す、ただそれだけのものである。音楽もほとんどない。人は一人も出てこない。曇り空を背景に、ややこしい外観の工場がそびえている。煙突が空を目指し、ダクトが湾曲し、煙が立ち上り、マシンがうなりを上げている。ときどき、トラックがバックする音が聞こえる。外壁には錆びが帯を引き、湾岸地区では風の音が聞こえる。波の割れる音を背景に、工場のシルエットに切り取られた空を、飛行機が飛んでいる。

そんな映像が淡々と続く。工場の姿はとてつもなく巨大だが、どこまでも大人しい。私はそれをじっと眺めている。

どうしてこんなものを買ったのかというと、私が工場好きだからである。特に夜の工場が好きだ。たいていの工場は、土地の広い、見晴らしのいい場所に作られるから、ライトアップされた工場が、ぽっかり夜に浮かぶ姿はほとんど神秘的ですらある。

夜を背景に、工場のライトが煌々《こうこう》と輝くパッケージ写真に惹かれ、つい買ってしまったのだが、一時間弱の内容のうち、遠くから俯瞰した昼と夜の工場風景が半々の割合を占めている。私はてっきり工場が好きな人というのは、夜の景色が好きな人だと勝手に決めつけていたが、昼の工場が好きな人だってもちろんいるはずだ。確かに夜の工場がひたすら美しいのに対し、昼の工場はどういう仕組みをしているのだろうと迷路をたどるような興味を、観る人に抱かせる。

例えば、高速道路で山間を走っていると、突如削られた山肌を前に、古ぼけた工場が現れる。長いすべり台のようなものが延々走っているのが見える。あのすべり台はいったい何を運ぶのだろう？ すべり台が何本も重なる先には塔があって、塔のてっぺんにドアが一枚見える。あのドアは何のためにあるのだろう？ まるで大きな牛乳ボックスのように、建物の表面にいくつも小屋がくっついているけど、最初からこうするつもりで設計したのかな？ あの漏斗《ろうと》みたいな形は何？ もしも、渋滞などでたっぷり眺める時間があったなら、私はあてもなくそんなことを考えてしまう。

なるほど、昼間の工場も確かに悪くない。けれども、私はやはり夜の工場のほうが好きだ。大阪・堺の阪神高速湾岸線から望む工場群の眺めは思わず言葉を失うような眩《まばゆ》さだし、東名高速から富士のパルプ工場群を眺めたときもずいぶん心ときめいた。

だから、大学を卒業して工場で働いていたとき（別に工場好きだから、工場に就職したわけではない。配属先がたまたま工場だったのだ）、暗くなってから仕事を終え、職場から寮に帰るまでの時間がとても好きだった。私が勤めていた工場は、なかなか巨大な工場で、小さな町くらいの大きさがあった。碁盤の目に敷地が区切られ、本当に、京都のように「三条通」「四条通」と道路に標識が立っていた。それらの通りを突っ切って、隣の敷地に建つ寮まで戻る途中、両側の建物の眺めは何とも幻想的だった。

月報作業で時間が遅くなったときなど、工場の敷地を出るまで、誰ともすれ違わない。両側を建物に囲まれた広い道を、ぽつんと歩く。真っ白の大きな壁面を、オレンジと白のライトが重なり合って照らしている。りんりんりんと今にも音でも鳴りそうな感じで、少々瞬いている。巨大な無人のテーマパークを歩いているような、そんな気持ち。製糸工場の階段は、ひっそりらせんを巻いている。通路に規則正しく配置された照明は、誰も通らない床の鉄板を寡黙に照らし続ける。ネオン灯には蛾が群れて騒々しい。芝生ではおっとり虫が鳴いている。私はぴゅうと口笛を吹いて、寮に向かう。

ＤＶＤでは工場の外からの撮影ゆえ、マシンの音も控えめにしか届かない。逆に言えば、そこまで届くということは、工場内では相当にやかましいということである。実際にＤＶＤを観て、私がいちばん最初に思い出したのは、働いていた工場の風景でも毎日着ていた作業着の感触でもなく、ひたすらじっと、低く、重く、身体にしがみつくような振動を寄越してくる、あのマシンの音だった。ついでに匂い。化学薬品の甘ったるい、どうしようもなく不味い匂い。朝からその匂いを嗅がされるのがとにかく嫌で、特に臭気の激しい、原料を扱う建物の前を通り過ぎるときは、いつも息を止めて歩いた。

ある夜のこと、仕事を終えて寮に帰る途中、見上げると満月が出ていた。品質保全室の建屋前の短い坂を登りながら空を見上げていると、なぜだか急にさびしい、やけにいたたまれない心持ちになって、

「どうして、私は空を飛べないのかな?」

と月に向かって唐突なことを思い浮かべた。音もなく浮かび上がる工場の建物に囲まれ、明るく澄んだ光を放つ満月を見上げていると、坂を登るついでにそのままふっと空に飛び上がれそうな気がしたのだ。

夜の工場は、人に妙な夢を見させる。

帰り道、私の他に動く人影はなくとも、白やブルー、オレンジ、グリーンを薄《うっす》らと帯びた明かりは、黙々と工場を照らす。私に見られるためだけに照らす。私の影は四方から光に照らされ、分裂し、日時計のようにアスファルトに貼りついている。

あの明かりは何のために点けているのですか——と一度、安全課の人に訊ねたことが

ある。そんな質問、これまで受けたことがなかったのだろう、「え？」とその人はやけに驚いた顔で私を見返した。

そりゃあ、パトロールのとき、はじめから点いているほうがいいよね、あ、でも、その都度、電気を点けたらいい話でもあるよね、実際、建物の中はそうするし……じゃあ、何のためかって言うと、ううん……安全のためかな？　とその人はしきりに自問自答を繰り返していたが、結局、よくわからないねという答えに落ち着いた。

でも、きれいだからいいじゃないとその人は言った。

「パトロールのとき、夢を見ますか？」

私は妙に思われるかなと思いつつ、その人に訊ねた。

するとその人は、私の顔をじっと見つめ、おもむろに、工場で夜、誰もいない場所を歩いていると、自分の身体がどこまでも伸びていくような、影が地面に溶けていくような変な気持ちになることがある、と答えた。

なるほど、夜の工場は人に夢を見させる。

『工場萌えな日々』を観ながら、私はそんな日々を思い出した。

Fantastic Factory II

工場時代、私のデスクの隣にカンゲキ氏という方が座っていた。カンゲキ氏は私より五つほど年上で、私が「カンゲキさん、これってどうしたらいいんですかね？」と仕事のことを訊くと、決まって、

「知りたい？」

とニヤニヤしながら返してきた。ええ、非常に知りたいですと答えると、ふうん、どうしようかなあ、教えてあげようかなあ、やめとこうかなあとしきりにジラしたあと、結構丁寧に教えてくれた。私がカンゲキ氏とデスクを並べ一緒に仕事をしたのは約二年間だったが、カンゲキ氏の妙な癖を発見したのは、経理係に配属され、半年が経とうとした頃だった。

パソコンの普及とともに、職場のペーパー・レス化が叫ばれる昨今だが、当時、経理係では、まだぶ厚いファイルを棚にズラッと並べ、いちいちそれを取り出しては、数字

を拾うということが行われていた。そんなとき私は、カンゲキ氏がぶ厚いファイルを棚から取り出し、ズシンと重い音とともに机に置き、さあ開けるぞというとき決まって、

「チャラリラ〜」

と小さな声で歌うことを発見してしまったのである。そのメロディはまさしく『オリーブの首飾り』、あの手品を始めるときにかかるメロディを、カンゲキ氏はファイルの表紙を開けるとき、一日に一度は歌うのである。なぜか「チャラリラ〜」という歌詞とともに。長さは決まってワンフレーズ。

一度この癖に気づいてしまったら、もういけなかった。カンゲキ氏がファイルを机に運んでくると、隣から「チャラリラ〜」が聞こえてくる。私はその都度、うつむいて笑いを必死でかみ殺すが、毎度うつむいてもいられない。ときにはパソコン画面と真剣に格闘していることだってある。そのうち私がパソコン画面を見ながら、一人ニヤニヤしているのに気づく人間が出てくる。

「何、マキメさん、さっきから一人でニヤニヤしてるんですか、気持ち悪い」

と正面の席の、後輩の女の子が、眉をひそめ、こっちを見ている。カンゲキ氏がさっそく隣から、「コラマキメ、職場でエッチなこと考えていちゃいかんぞ」とベタな横槍を入れてくる。

私はここで「それは、カンゲキさんが……」とは決して言わない。なぜなら、私がニ

ヤニヤの理由を明かすと、カンゲキ氏が「チャラライララ〜」をやめてしまう危険があるからである。カンゲキ氏の歌声は非常に小さいため、経理係のなかでも耳にすることができるのは、どうやら私だけのようだ。私はカンゲキ氏からの不当な横槍を、へらへらしながら受け止めた。すなわち己のプライドを犠牲にしても、カンゲキ氏の「チャラリララ〜」の存続を選んだのだ。

だが、ついにこの私だけの秘密が人に明かされるときがやってきた。

それは、カンゲキ氏の「チャラリララ〜」にとんでもない変化が起きたことに起因する。すなわち、ある日突然、カンゲキ氏の「チャラリララ〜」が何の脈絡もなく、変わってしまったのだ。

と言っても、歌詞は以前のままである。では、何が変わったのか？

メロディ——である。昨日まで『オリーブの首飾り』のメロディとともに、ファイルの表紙をめくっていたはずが、ある日を境に突如、今井美樹の『PRIDE』にチェンジしてしまったのだ。

そう、あの馴染《なじ》みある冒頭の一節、

「私はいま〜」

のメロディをカンゲキ氏は、

「チャラリララ〜」

に乗せ、歌い始めたのである。

読者のみなさんには、ぜひここで「チャラララリララ～」を実際にやっていただきたい。『オリーブの首飾り』と『PRIDE』の冒頭部分を、「チャラララリララ～」に乗せて口ずさんでいただきたい。きっとみなさん、両者の異様なシンクロ度合に、驚嘆されることと思う。そして、今日も『オリーブの首飾り』が来るのだろうと思っていたところへ、突然、『PRIDE』をぶつけられた私の気持ちもご推察いただけると思う。

そう、私には無理だった。私はぶはっと盛大に噴き出してしまった。係長から、コラ、仕事中に何笑ってんだと怒られた。すぐさまカンゲキ氏が「何一人で笑ってんの、お前」と乾いた視線を送ってきた。私は「あいどうもすいません」と謝って、仕事に戻った。ここでも私は自身の〝プライド〟ではなく、カンゲキ氏の〝PRIDE〟を守る選択をしたのだ。

その後、カンゲキ氏の「チャラララリララ～」は、『オリーブの首飾り』から完全に今井美樹の『PRIDE』に取って代わられた。いったい、カンゲキ氏の心の内側で何が起こり、いかなる政権交代が行われたのか、さっぱりわからない。疑問は日々、膨らむばかりである。だが、こんな超常現象に近い出来事を、私のような常識人がいくら考えたところで、答えは出やしない。

こうなると、解決の方法は一つしかない。

すなわち、カンゲキ氏に直接訊ねることである。カンゲキ氏にとって「チャラララリララ〜」が意味するところを忌憚《きたん》なく語ってもらうことである。

だが、これには大きな危険が伴う。それはカンゲキ氏が、無意識のうちに「チャラララリララ〜」をやっている可能性が、極めて高いということだ。もし、ここで私がいらぬ質問をして、「え？　そうなの俺？」とカンゲキ氏が単に自分の癖を知っただけで終わってしまうと、その後「チャラララリララ〜」が公開終了になるだけで、私の丸損という結果にもなりかねない。

私は大いに悩み、結局この「カンゲキ氏のチャラララリララ〜問題」を経理係全体の議題に昇格させる決意をした。

数日後、ある酒の席で、私はカンゲキ氏が不在のときを見計らい、「実はみなさんに相談したいことがありまして」と切り出し、「カンゲキ氏のチャラララリララ〜問題」を提議した。やはりというべきか、係長を含め、それが半径二、三メートル以内の至近で歌われ続けてきたにもかかわらず、誰も「チャラララリララ〜」を知らなかった。つまり、みなさん真面目に仕事に打ちこんでいらっしゃったのだ。

そんな面々ゆえ、私がこう歌うんですと今井美樹で「チャラララリララ〜」と奏でても、誰も信じてくれない。「そんな人いないでしょう」と私の前に座る後輩の女の子もどこまでも否定的である。

わかりました、じゃあ、来週カンゲキ氏がファイルを開くときチェックしてください
と私は諸員に告げ、話はひとまず中断した。
週明けの月曜日、経理係は異様な緊張に包まれていた。
私とカンゲキ氏をのぞく、係長を含めた残り四人のメンバーが、カンゲキ氏の一挙手
一投足を見守っている。ところが、カンゲキ氏はこういうときに限って、なかなかファ
イルを取りに立ってくれない。私も正面の女の子と目が合うたび、「本当ですか」とい
う視線を返されるので、至って居心地が悪い。
しかし、ついにカンゲキ氏が席を立った。おもむろに棚に向かい、仕掛品《しかかりひん》のぶ厚いフ
ァイルを取り出し、自分の机の上にドンと置いて、イスに座る。表紙に手をかけ、
「チャラララリララ〜」
と今井美樹とともにオープンしたのである。
経理係の全員がうつむいて、必死で笑いをかみ殺していた。
かくして、「カンゲキ氏のチャラララリララ〜問題」は無事、全員の共通認識となった
のだが、その真意を問いただすべきか否かという私の動議は、係長自らの、
「駄目だ、マキメ。訊いちゃいかん」
という鶴の一声によって、あっさり決着を見た。経理係は全体の総意として、カンゲ
キ氏の心の不思議を解き明かすよりも、その不思議がもたらす日々の小さな歓びを享受

することを選んだのだ。

結局、私はカンゲキ氏に「チャラララリララ～」について訊ねることのないまま、約二年の勤務を経て、工場を去った。

カンゲキ氏はその後、どういうわけか選挙に立候補し、見事当選。今は若き議員となって、地域の発展に貢献している。

これを書きながら、カンゲキ氏はちゃんと議員をやれているだろうか、根は真面目でやさしい方だったから、きっとナイスな議員になっているのだろうな、などと思い描いてみるが、何よりも気になるのは、もちろん「チャラララリララ～」の行方である。

私はふと想像する。

議会の席に、スーツをビシッと決めたカンゲキ氏。その机の上には、議題に関するぶ厚い資料がのっている。その表紙をめくるとき、カンゲキ氏はそっと、

「チャラララリララ～」

と歌う。

でも、メロディまではわからない。きっと今井美樹ではない、新しいメロディに乗って、議場で、

「チャラララリララ～」

と歌うのだ。何なのだろう、そのメロディは？　そのことを考えるとき、私は今もワ

クワクしてしまう。

5章

マジカル・ミステリー・ツアー

大阪経由松山行

数日間、大阪に潜伏した。

実家のママチャリを拝借し、おそろしいほど太陽がぎらぎら照りつけるアスファルトの上を、谷町筋《たにまちすじ》を北へ北へ、大阪城まで立ちこいだ。大阪は東京に比べ、緑が圧倒的に少ない。一方で道が広い。自転車で走るに都合がいい。前と後ろに買い物カゴ、ハンドル中央部に「さすべえ」(傘を固定する器具)、まさに大阪ママチャリ標準仕様を引っさげ、ぐんぐんこぎ続けた。

「おお、この道はまさに、大坂の陣における徳川家康の進軍コースそのままではないか」

などと、ひとり興奮しながら。

久しぶりに訪れた大阪城本丸は驚いたことに、道行く人の八割から九割が韓国人だった。あちらこちらからハングルが聞こえてくる。家族連れから修学旅行生まで、いろいろである。天守閣の麓の売店兼レストランでは、歓迎プレートがすべて韓国の学校名・ツアー名で占められていた。天守閣に上ったら、韓国語に加え、中国語、英語も混じり、さらに国際性豊かな風景が展開されていた。韓国や中国（台湾？　香港？）の女性は、まわりにたくさん人がいても、しっかりポーズをとって写真撮影するからおもしろい。そのポーズが、どことなくレーザーカラオケ時代の歌謡曲映像を彷彿とさせるから、さらにおもしろい。

大阪の空は見事なまでに青く澄み渡っていた。遥か遠く、富田林《とんだばやし》の白いPL塔まで見えて驚いた。

ふたたびママチャリに戻り、のんびり大阪城をサイクリングした。

「おお、この道はまさに、今もやっているのかどうか知らないが、大阪国際女子マラソンで、唐突にアルフィーの曲がかかるコースそのままではないか」

などと、ひとり興奮しながら。

大阪城を出て、中之島に向かうと、澱んだ川面に周囲を提灯とのぼりで飾った船が何艘も浮いていた。船の上では、白いはっぴを着た男衆が気勢を上げている。

「ハハア、今日は天神祭だったのか」

と今さらながら気がついた。天神祭とは、日本三大祭の一つに数えられる大祭だ。まさに大阪の夏どまんなかである。陽射しは一向に衰える気配を見せない。夜には大川の空に、盛大な花火が打ち上げられるのだろう。ほどよく風も吹いている。煙も流れ、さぞかし花火が夜空に映えるにちがいない。

いったい私は打ち上げ花火を眺めるのが好きだ。とりわけ花火が開く瞬間が大好きだ。光の粒がわっと広がるとき、背後の夜が音もなくぎゅっと縮む気がする。何だか「宇宙」の動きを見させられたような気がする。

よって私は花火大会に行くと、

「わ、宇宙！　わ、宇宙！　わわわわ、宇宙宇宙宇宙宇宙！」

とつい口走ってしまう。先述のPL塔の周辺で行われる花火大会など、十万発強を打ち上げるから、見に行ったときは、もう大変である。もっとも花火を見上げ、「花火って宇宙感じちゃうよね」と語りかけるも、これまで賛意を示してくれた人はいない。いったい大川上空に宇宙を感じたいのはやまやまだが、いかんせん私には先約がある。いったん家に戻り、今度は地下鉄に乗って梅田に向かった。

大阪で育ったくせに、私は未だにJR大阪駅・地下鉄御堂筋線梅田駅を中心とする、いわゆる「キタ」と呼ばれる地域の詳細がわからない。いつも案内板に従い地下街を歩くばかりなので、いつになっても全体像がつかめない。私は断然、南海電車・近鉄電車・JR・地下鉄難波駅を中心とする「ミナミ」派なのである。

もっとも「ミナミ」派などと言っておきながら、

「わ、いつの間にか大阪球場なくなってる。昔、巨人対ロイヤルズ見にきたのに。ああ、懐かしや」

などと呑気に言っているくらいなので、ミナミのことも相当あやしいのだが。

梅田に到着するも、集合時間まで余裕があったので本屋に寄った。自分の本の前に、書店員の方が書いてくれたポップが立っていた。のぞいてみると、

「三分の一までガマン！　あとは一気にいけます！」

と書いてあった。東京ではまずお目にかかることのない、率直すぎるコメントに胸をどきどきさせたのち、私は待ち合わせの店に向かった。

お初天神の脇にある高級和牛焼肉店にて、大学時代の友人たちが直木賞ノミネートおめでとう会をしてくれた。近頃の生活の様子を訊ねると、三十五年ローンで家を買ったとか、新入社員とコミュニケーションを取るのが難しいとか、あまりに地に足ついた話が方々より返ってきて、わけもなくうろたえてしまった。そっちはどうかと訊ね返され、何だか浮世ばなれしているなあと思いながら、直木賞落選を伝える電話がかかってきたときのずっこけエピソードを語ると、びっくりするくらいウケた。やはり人間、うまくいく話より、うまくいかない話のほうが聞いていて楽しいものらしい。また一つ、人間の真理に触れてしまったと思いながら、きれいな花束とオーダーメイド・シャツの生地をお祝いにいただき帰路についた。生地は百貨店に持っていくと、自分のサイズに合わ

せシャツに仕立ててくれるものらしい。何と渋いチョイスか。ああ、みなさん確実に立派な大人の階段を上っているのだなあ、としみじみ感じながら、がらんとした地下鉄に乗って家に帰った。

翌日、大阪滞在を終え、次の目的地、四国は愛媛松山に向かった。

途中、列車の車窓より、姫路城、岡山城、丸亀《まるがめ》城、今治《いまばり》城とたくさんの城を目にした。城を見つけると、私は無条件にわくわくしてしまう。男性の城好きは、女性にはなかなか理解してもらえない嗜好の一つだが、言ってみれば城を愛でる楽しさとは、ケーキ鑑賞のようなものだと思う。ケーキに大小さまざまなデコレーションをほどこし、技術の粋を注ぎこんだ様を、女性はショーケース越しに熱心にのぞきこみ、味や食感を真剣に想像して楽しむ。男が城に興味を抱くのは、いわばデカいケーキを見上げるようなものだ。石垣はスポンジで、漆喰塀《しっくいべい》はカスタードで、瓦は生クリームで、物見櫓《ものみやぐら》はベリー類。天守閣はあまおう苺だ。無茶苦茶なたとえで恐縮だが、材料の組み合わせ、大小により、ケーキと同様、城もその面影を大きく変える。築城にまつわるエピソード、城主一族の栄枯盛衰など、その歴史的背景が、さらに風味を加える。

女性がケーキを鑑賞し然《しか》るのち食するように、私も城を鑑賞し然るのち歩く。松山に到着した私は、さっそく伊予松山城に向かった。天守閣より眼下に広がる松山市街を望み、「おお、ここが『坊っちゃん』の舞台かあ」と感慨ひとしおつぶやいた。拙著『鹿男あをによし』を書く前、『坊っちゃん』を読みこんだので、少しくらいデジャ・ブのような感覚があるかしらん、と期待したが、特に何の感情の隆起もない。どこまでも生まれて初めて訪れた、知らない四国の風景が連なるばかりである。

ふと、本丸を見下ろすと、はいからさんのような服を着た女性が歩いている。見間違いかと思ったが、紺袴に赤と白の縦じまの上を着て、日傘をくるくる回している。まるで『坊っちゃん』のマドンナである。しばらく見ていると、今度はマドンナの進む先から、袴に白の上着、学生帽姿の男性が現れた。今度は坊っちゃんそのものである。何だこりゃ、と眺めていると、坊っちゃんとマドンナは並んで、観光客と一緒に写真を撮り始めた。どうやら、観光用の演出らしい。

山の上にある松山城から、この気合の入れようである。山を下りて道後温泉に向かうと、さらに『坊っちゃん』濃度は強くなっていた。ほとんど、『坊っちゃん』ランドの様相を呈していると言っていい。市電を下りるなり、さっそく長い髪のマドンナ衣装の二人に「こんにちは」とあいさつされた。駅前広場では作品の登場人物総出演の坊っちゃんからくり時計が忙しく動いている。

道後温泉本館への途中、アーケードの土産物屋をのぞいただけでも、坊っちゃん珈琲、坊っちゃんキャンデー、坊っちゃん煎餅、坊っちゃん皿、坊っちゃん饅頭、坊っちゃんTシャツ、坊っちゃん人形、なぜかポンキッキのムックが坊っちゃんの格好をしている携帯ストラップ——と、もうやりたい放題である。加えて駅前には坊っちゃん列車にマドンナバス。定食屋には漱石うどん。果てしなき、坊っちゃん攻勢である。

坊っちゃんロードとでも評すべきアーケードを抜けたところで、ようやく瀟洒《しょうしゃ》な道後温泉本館の建物が姿を現す。ここに『坊っちゃん』は赤手ぬぐい一本を携えやってきた。奮発して、千五百円の一等高いチケットを買って、のれんをくぐった。三階まで上がり、蒸し暑い小部屋に通された。クーラーもない部屋で、着替えるため窓の障子を閉めたら、どっと汗が噴き出た。浴衣姿になって廊下に出ると、ちょうど正面は夏目漱石が風呂上りに涼んだ部屋だった。「坊っちゃんの間」と呼ばれているらしい。のぞいてみると、若い頃の漱石の白黒写真が飾ってあった。存外、眼差しも涼やかな男前である。誰かに似ているような気がするが思い出せない。奥田民生に少し似ている気もするが、ドンピシャではない。

ああ、気持ち悪いなこういうの、とぼやきながら風呂に向かった。道後温泉の湯は四十二度から四十三度と、なかなかアン・フレンドリーな温度ゆえ、そうゆったりはつからせてはくれない。御影石の湯船に腰を下ろし、ふくよかな神様らしき人物が彫られた立派な湯釜を睨みつけ、熱い熱いと心で繰り返していると、後ろから、

「この風呂、坊っちゃんが泳いだ風呂だってよ」

という声が聞こえてきた。

湯船から出ようと一度は浮かしかけた尻を、私はおもむろに沈めた。

左右をそっと確認する。脇のほうに一つずつ頭が浮いている他、広い湯船に人影はない。

言うまでもないが、俄然、私は泳ぎたくなっていた。

だが、坊っちゃんが泳いだとアナウンスされた十秒後に泳ぎ始めるのは、あまりにわかりやすい行動である。タイミングをうかがいながら、私はさらさらしたお湯で用もなく顔を洗った。

それにしても偉大なことである。たった一編の小説がこうしていたるところで用いられている。この世に生まれ百年が経った今でもなお、人々に愛され続けている。『坊っちゃん』をきっかけに、長編小説を書き、わざわざ松山くんだりまでこうして風呂に入りにくる輩までいるくらいだ。土産物に使われる様子は、多少滑稽な観もなきにしもあらずだが、これほど幸せな小説はちょっとないのではないか。

そのとき、目の前を小学一年生くらいの子ども二人がばしゃばしゃ水しぶきを上げながら、追いかけっこをして通り過ぎていった。

私は素早く立ち上がると、

「おいおい、お前ら、溺れないよう気をつけろよ」

と父親のように二人のあとを追うふりをして、実に自然なモーションで泳ぎに入った。

意外と底が深く、足をかくことができた。勢いが止まったところで手で底を突こうとしたが届かず、本当に溺れかけた。

ぶはっと口から湯を吐き、立ち上がると、壁の札が目に飛びこんだ。

「坊っちゃん泳ぐべからず」

「暑い」と言わない

梅雨明けしてからというもの、日々、憎たらしいくらいに暑い。暑い、といちいち口にするのが、馬鹿らしいほど暑い。

それでもさすがに気温が摂氏四十度を超えることはまれだ。現在、日本における最高気温記録は、岐阜県多治見市と埼玉県熊谷市が持つ四〇・九度だ。暑い暑いと連呼したところで、屋外で四十一度を体感することは、今のところ、日本では不可能である。

そう――日本では。

近頃、私はふらりと中東はドバイに行ってきた。

ドバイとはアラブ首長国連邦にある都市だ。ペルシャ湾に面するこの街は近年、観光に力を入れていることで、メキメキその知名度をアップさせている。

すべてにおいて世界一を目指す、というわかりやすいコンセプトのもと、ドバイの街はただ今、建設ラッシュの真っ最中だ。何でも世界のクレーン車の三割がドバイで稼働中らしい。

そんなドバイも、中心部から二十分も車を走らせると、どこまでも砂漠が広がるだけの光景になる。砂漠を突っきるハイウェイを進む私の目的地は、砂漠のど真ん中にあるホテルだ。何をするでもなく、砂漠を眺める。果たしてそれが、楽しいのかどうかわからない。ただ砂漠を一度見てみたいという好奇心が、私を導いたのだ。

ドバイ中心部から一時間。砂漠に囲まれたホテルに到着し、車から出るや否や、何かがおかしいと感じた。目をまともに開けられない。顔がちりちり痛い。鼻から息をすると、鼻腔がほかほかする。コテージ風の部屋に案内され、私は荷物のなかからデジタル目覚まし時計を取り出した。液晶の右隅に気温の表示がある。室温は二十五度だ。私はそれを手に部屋を出た。部屋の前は、果てしなく続く砂漠である。燦々と太陽が降り注ぐ砂の上にイスを運び、シートの上に時計を置いた。

液晶部分を見つめるが、まだ気温に変化はない。ぐんぐん数字が上がっていく様を確認したいが、三十秒も経たぬうち、私は部屋のなかに引っこんだ。とてもじゃないが、その場にいられなかったのである。

それまで日本で私が体感した最高気温は三十九度だった。場所は東京の銀座、目の下の汗が蒸発して、目がちくちくした覚えがある。だが、あのときの暑さとは、明らかに質がちがう。何というか、「危険」を感じる暑さである。

いったい何度まで上がっているのだろう？　三十分後、私はどこかワクワクした気持ちで、ふたたび外に出た。

イスから時計を取り上げ、表示された数字を見たとき一瞬、我が目を疑った。

五十一度。

画面を見つめる視線の先で、ピッと数字が上がった。五十二度。

慌てて日陰に戻った。陽射しが当たらずとも、立っているだけで、眼球が熱を感じて痛い。五十度という未知なる体感温度をしみじみ味わいつつ、私は気がついた。

人間、度を超した暑さに直面したとき、「暑い」という言葉が出ない。暑いと言えるのは、まだ余裕がある証拠である――ドバイまで赴き、暑さに涙目になりながら、私が唯一学んだ人間の真実である。

別に知らなくてもいいんじゃないのか、というもう一つの真実は、どうかおっしゃらないでいただきたい。

都大路で立ちこいで

京都の生活には、自転車がよく似合う。

京都の学生が乗る自転車のタイヤには、実は特殊な蛍光素材が練りこんである。この素材はタイヤが通ったあと、土、アスファルト、芝、種類を問わず、まんべんなく付着するようできている。素材が地表に残存する期間は、通常四～五年とされている。

これは京都市が極秘裏に実行している、防災計画の一環だ。この蛍光塗料は、ある条件のもとでしか発光しない。すなわち、周囲からいっさいの光が失われたとき、暗黒に反応して、地熱エネルギーを媒介に冷光を発する。その目的が、災害等で都市機能が失われたときのためにあることは言うまでもない。あらゆるインフラが壊されたとき、過去四、五年間、都大路を走り抜けた何十万、何百万の轍《わだち》が一斉に光を放ち始め、市民の足元を照らすのである。

限られた予算、四～五年という素材の耐用期間、より広範囲をカバーする必要性——

この三点を考慮した結果、学生たちの自転車がターゲットに絞られたのは、当然の理だった。

専門家たちは、この京都市の人口の一割を占めるとされる連中の、驚異的な自転車ライフを次々報告した。どんな距離でも自転車、大原三千院へも自転車、台風が来ても自転車、デートでも自転車、今出川《いまでがわ》通の眺めをツール・ド・フランスの如く、東一条《ひがしいちじょう》通の眺めを天安門広場の如くに変えてしまうのも、やはり自転車——自転車に始まり、自転車に終わる連中の学生生活に、専門家たちはこの計画の成功を託したのである。

ゆえに、彼らは今日も、都大路を所狭しと自転車に乗って駆け巡る。世のため、人のため、もしもの災害時のため、そしてもちろん、彼らが満喫する、忙《せわ》しくも、おおむねパッとしない青春の日々のため——。

というのは、すべて真っ赤なウソだけれど、自転車で京都を走ることが掛け値なしに楽しい、ってことだけは、本当なのだ。

夏の日の1995

今年もヴェネツィア国際映画祭の季節がやってきた。と思ったら、いつの間にか終わっていた。ベルリン、カンヌと並んで世界三大映画祭の一つに数えられるヴェネツィア国際映画祭。いつも世界のどこかで、何かしら映画祭が行われているように感じるが、私にとってヴェネツィア映画祭だけはちょっと特別な存在だ。ヴェネツィア映画祭といえば夏。アドリア海に面した白い建物で、映画祭は開催される。そのアドリア海に面した海水浴場で、私は荷物を一切合財盗まれた。荷物のなかには、所持金、航空チケット、パスポート、すべてが含まれていた。私はほぼ無一文になり、自分の名前を証明するものすら失った。

大学一回生のときの話である。

大学に入って最初の夏休み、バックパックを担ぎ、私はヨーロッパへ一人旅に出かけた。猿岩石がユーラシア大陸横断ヒッチハイクの旅に出かける、一年前のことだ。

スペインはマドリッドからスタートして、ポルトガルを回って再びスペイン、地中海沿いにフランスを横断、イタリアに入った。

「何しろ物騒。気をつけろ」

イタリアに入る前、イタリアを経由してきたバックパッカーに幾度となく告げられた言葉だ。なかでもローマで実際に財布をすられたという人の話は強烈だった。

ローマ市内には、通称「泥棒バス」と呼ばれるバスが走る路線がある。コロッセオに向かう、最も観光客が使用するバス内でスリ被害が頻発することから、この名がつけられたらしい。その人は「泥棒バス」に乗りこむ際、細心の注意を払ったのだという。財布はズボンのポケットに入れず、乗車時に運賃を払ったのち、すぐさまリュックに入れ、そのリュックを身体の前に抱いて立っていた。目的地のコロッセオに着いたところで、その人はバスを降りた。無事、やり過ごすことができたと、ホッとしてリュックのファスナーを開けたら、財布がなくなっていた。

「なるほど、イタリアのスリは魔法を使うのですね」

私の言葉に、そうかもしれない、どれだけ考えても、どうやって盗られたのかわからないから、とその人は真面目な顔でうなずいた。

私はこわばった心を抱え、イタリアに向かった。たどりついたローマは本当に物騒だった。バスに乗らず、徒歩でコロッセオを目指す途中、路上で泣いている香港の女の子に出会った。見ると膝小僧から血を流している。たった今、バイクの二人乗りに荷物を引ったくられ、取られてなるかと踏ん張ったら、石畳の道路の上を引きずられたらしい。何とおそろしい街か。気丈に笑顔を見せる涙目の女の子に、これで血を拭いてください、ともしものため常に携えているトイレットペーパー・ロールをリュックより差し出し、私は心の底から戦慄した。

それからというもの、ローマに滞在する間、私はリュックを胸の前に抱え、店を出たときは必ず左右をのぞき、尾行されていないか確認、まさしく『レオン』張りの警戒心で街を練り歩いた。にもかかわらず、次の滞在地ヴェネツィアで私は荷物を根こそぎ盗まれ、すってんてんになる。理由は私が阿呆だったからなのだが、多少の不運もあったと思う。

一人旅でいちばん厄介なのは、海水浴をするときの貴重品管理だ。普段は旅行用腹巻きに、航空券やパスポート、虎の子のトラベラーズ・チェックを入れて歩くのだが、腹巻きをしたまま泳ぐことはできない。ホテルに預けたらよいのだろうが、宿にしていたユースホステルは、夕方まで受付付近に、宿泊者の荷物をすべて野ざらしに置いておくので、とてもじゃないが貴重品を預けられない。

結論から言うと、一人旅でユースホステルに泊まる場合、海水浴をしてはならない。

だが、ローマからヴェネツィアに向かった私は、魅入られたように海水浴に向かってしまった。というのも、ヴェネツィアで泳ぐことはすなわち、アドリア海で泳ぐこと、という情報を得たからである。

それまでの旅路において、ポルトガルでは大西洋、ニースでは地中海、と私は世界に名だたる大海を制覇してきた。もっとも、おそるおそる海水に身を浸し「キャッ、ちめたい」と悲鳴を上げ戻ってくるだけだったが、制覇に変わりない。八月にもかかわらず、ヨーロッパの海は、驚くほど水温が低かった。そもそも、向こうの人たちは海で泳がない。穏やかな日射しの下、身体を焼くのである。水につかるのは、火照《ほて》った身体を冷ますときくらいだ。

冷たい海水に、石ころだらけのビーチ、日本で抱いていたイメージとはずいぶん違う現地のビーチ事情に、ヴェネツィアに到着して海水浴場があることを知っても、私の食指は動かなかった。だが、ヴェネツィアの海がアドリア海であると知るや否や、俄然コンプリート欲が沸き立った。私は勇躍、海水浴場があるリド島に向かった。懸案の荷物は、砂浜でたまたま隣のパラソルで休んでいた日本人観光客に見てくれるようお願いした。わかりました、と笑顔の返答を受け、私は一目散に海に向かった。

アドリア海は水温が高く、遠浅の砂浜が続き、日本の海に似た親しみやすい表情をしていた。私は十分にアドリア海を堪能したのち海を出た。

パラソルに戻ると、荷物を預けた日本人観光客はぐうぐう寝ていた。不運なことに、私のリュックだけ、置き引きに遭っていた。パスポート、帰りの航空券、カード、現金、トラベラーズ・チェック、着替えのパンツ——すべてを私は一瞬で失ったのである。海水浴場の受付で事情を話すと、どうやら置き引きが多発しているらしく、管理人のおっさんは烈火の如く怒り、姿を消した泥棒を、口を極めて罵った。その一方で、これからどうしたらいいかわからず呆然とする私に、十秒に一度「All right! No problem!」と発し、肩を叩いた。いやいや大問題じゃろ、と叩かれるたび、さらに肩を落とし、私はおっさんとともに警察署に向かった。

警察署で事情を話すと、警察官も大いに同情してくれた。調書を取り終えると、「OK、帰っていいよ」と警察官は建物の外を手で示した。「え?」と思ったが、よく考えたら警察ができるのはここまでである。心細さをいよいよ募らせ、私は警察署を出た。

警察署の前で、少なからず責任を感じ、ついてきてくれた日本人観光客が二万円を貸してくれた。二万円で日本には帰れないなあ、と思いつつ、礼を言って別れた。ヴァポレットと呼ばれる船に乗って、ヴェネツィア本島に戻った。船に揺られ、ヴェネツィアの街並みを眺めていると、無性に腹が立ってきた。本島に到着するや、金を払わないで船から走って逃げた。

水着にTシャツという姿で、私はヴェニスの街を横断し、ユースホステルに戻った。

バックパックに隠してあった一万円を加え、計三万円が私の全財産だった。少しでも所持金を節約するため、夕食はキッチンの共用冷蔵庫を開け、「すんません」と突っこんである誰ぞのチーズとサラミを食べた。ついでにワインも空けてやった。

翌日、朝一番の列車で私は日本大使館があるローマに戻った。細かくは記さないが、あのときほど大勢に助けてもらったことはない。未だ感謝しても、しきれないほどである。おかげでパスポート、航空チケットは再発行が認められ、現金も何とか工面することができた。

ローマに到着して三日目、臨時発給のパスポートを受け取りに大使館に向かうと、ヴェネツィアの警察から、荷物が見つかったという連絡があったと知らされた。調書の連絡先に日本大使館と書いておいたのが、功を奏したのだ。

新調されたパスポートを手に、私はふたたびヴェネツィアに向かった。

四日ぶりのヴェネツィアはどこか雰囲気が変わっていた。街じゅうに横断幕が掲げられ、やけに華やかである。どうも祭りがあるらしい。宿も満室だと断られ続け、四軒目でようやく借りることができた。宿の主人に何の祭りかと訊ねると、

「ヴェネツィア　シネ　フェスタ」

と答えが返ってきた。一瞬の間ののち、

「おおッ、それってヴェネツィア国際映画祭のことではありませんか！」

と気がついた。

興奮を隠せぬまま、会場はどこかと訊ねると、リド島だと言う。まさしく私が痛い目に遭ったところ、これから発見された荷物を受け取りにいく警察署がある場所である。

ヴァポレットに揺られ、運河を抜けリド島へ向かった。船着き場近くの警察署で、盗まれたリュックサックを返してもらった。中身を確かめると、パスポートと金目のものは盗まれていたが、その他のものは残っていた。ご丁寧に、水着に着替える際、つっこんでおいたパンツも入っていた。

これでヴェネツィアに戻ってきた目的は果たされたが、もちろんそれだけで終わる気はない。警察官に映画祭の場所を訊くと、海水浴場ぞいの道を進んだところにあると教えてくれた。船着き場前からバスに乗ると、あのいまいましい海水浴場が見えてきた。フンと海に背を向けていると、大きな白い建物の前でバスは停まった。TVの機材があちこち設置され、映画の広告塔が林立している。どうやら、ここが会場らしい。何の関係もない私が入っていいのかよくわからぬまま、人の流れに紛れて建物に潜入してしまった。誰もが高級そうな服を着て談笑している。インテリの香りがムンムンあたりに充満している。短パンにTシャツの私は、甚だ居心地が悪い。

それでも、世界にその名を轟かせるヴェネツィア国際映画祭に来たのだから、映画の一本くらい観て帰りたい。チケット売り場を探して購入すると、長編一本と短編一本が組まれた時間帯のチケットをあっさり買うことができた。日本円にして七百円だった。

会場に入るとすでに満員で、イスに座ることはできない。仕方がないので、その他大勢と同じく階段に腰を下ろした。まわりを見渡すと、異様にメガネ率が高い。着ている服が高そうだ。みなさん、おしゃれ。ああ、早く映画始まらんかな、会場暗くならんかな、とみすぼらしい自分の格好を恥ずかしく思っているうち、短編映画が始まった。どうやら、スペインの映画のようだ。字幕はイタリア語のみ。何の話かまるでわからない。

一語も理解できない私が言うのもおこがましいが、その映画はつまらなかった。もっとも、つまらなくても、私は座って映画を観る。だが、まわりの人間がどんどん席を立っていくのには驚いた。そのうち、非難の口笛まで沸き上がる。およそ容赦というものがない。もっとも、ウィットが利いた受け答えがあったときは、一転拍手が沸き起こるので、フェアといえばフェアだったが。

二本目は長編だった。相変わらず言葉はわからなかったが、今度はグッとくる映画だった。映画が終わると同時に、目の前の全員が立ち上がり、こちらを見上げ拍手を始めるので、振り返ると、監督らしき人物が上段の席で手を振っていた。私も立ち上がり、拍手した。拍手は十分以上鳴りやまなかった。これまたグッとくる光景だった。

会場を出ると、目の前にアドリア海が広がっていた。

一九九五年、ヴェネツィア。夏の出来事である。

今でも北野武がヴェネツィア国際映画祭を訪れたときのドキュメントを観ていると、「あ。あそこ、私が座っていた階段」と見覚えある映像が飛びこんできて不思議な気分になる。ふと旅をしていたときの感覚が蘇って、愉快な気持ちになる。パスポートから何からすべてを盗まれ、茫然自失としているとき、手が震えて止まらなかったことを思い出し、気恥ずかしくもなる。

盗まれたパスポートには後日譚がある。

ある日、実家の母のもとに電話がかかってきた。電話の相手の男性は、「インターポールの国際旅券課の者ですが」と名乗った。私のパスポートがロサンゼルスで発見されたという。男性は私が今、どこにいるのか訊ねた。母は京都の大学でのんべんだらりんしてます、と答えた。

「なるほど、やはり盗まれたパスポートですね」

二日前、私のパスポートを持った三十代の中国人男性がロサンゼルスに密入国を図った。写真はすり替えてあったのだろうが、パスポートの私のデータは二十歳そこそこである。さすがに老けすぎだろう、ということで見破られたらしい。私が盗まれた赤色のパスポートは、写真を透明なシールで上から貼っているだけのもので、当時、世界で最も偽造しやすいパスポートと言われていた。インターポールからの電話は、パスポートを盗まれたときの状況を教えて欲しいというものだった。

後日、この話を母より聞かされ、私は「インターポールって本当にあるのだ」という驚きとともに、見知らぬところで未だパスポートが旅を続けていたことに、不思議な感慨を覚えた。

いったいどれだけの悪人・一般人の手を経て、ロスに向かう羽目になったのだろう。ヴェネツィアの海で盗まれてから三年、私のパスポートはようやく長い旅路を終えたのだ。

マジカル・ミステリー・ツアー

【謎 1】

二十歳の夏、タイの南の島で、バイクに乗っていたら、泥に前輪を取られ思いきり転倒した。泥だまりのなかで呻《うめ》いていると、近くの民家からわらわら人が出てきた。

「痛いの?」

と訊かれ、「とても痛いです」と答えると、両脇を抱えられ、ゴザのようなものが敷かれた場所へ運ばれた。

「取りあえずそこに寝ときなさい」

と言われ、寝転んでいると、倒れたカブを男たちが起こして、曲がったステップを直しているのが見えた。

おばちゃんがたらいを持ってきて、血がダラダラ流れる足の傷を洗ってくれた。洗い終わったあとも、ゴザの上でぐったり横になる私を、大人たちはめずらしそうな顔で見下ろしていた。

足を洗ってくれたおばちゃんは、鼻の通りが悪いのか、目薬のスポイト口がアーモンドのような形になったものを、豪快に鼻に差しこみ、しゅっしゅしていた。ふと、目が合った拍子に、

「あ、やる？」

とおばちゃんは鼻腔深くに差しこんだ「鼻しゅっしゅ」を、実に自然な動作で私に薦めてきた。

「い、いえ、結構です」

弱々しい笑いとともに、私はその申し出を丁重に断った。

かような出来事を、それから一年後、香港の重慶大厦《チョンキン・マンション》という安宿が集うビルのエレベーター内で、私は思い返していた。

というのも、私の目の前に立つ、背の高い褐色の肌の男性が、あの懐かしい「鼻しゅっしゅ」をこれでもかというほど鼻に押しこんでいたからだ。

この「鼻しゅっしゅ」は、亜熱帯の生活圏における必需品なのだろうか、いったい何という名前なのだろう、たとえばトンカチやトカゲといった言葉は、実はマレーシア語だったりするけれど、そんな具合に日本でも知られた言葉だったりしたら楽しいな、などと考えながら、豪快に鼻腔に突き刺さる「鼻しゅっしゅ」に、私は熱い視線を向けて

いた。

そのときふいと視線を下ろした男と、正面で目が合った。

「あ、やる？」

男は鼻から「鼻しゅっしゅ」を抜き出すと、おそろしく自然な仕草で「どう？」とアーモンド型の先端を向けてきた。

「い、いいえ、結構です」

私が苦笑とともに断ると、男は「あ、そう」と、すぐさまそれを鼻に戻し、ふたたびしゅっしゅした。

ドアが開いた瞬間、強烈な異国の香辛料の匂いが漂ってくる階で男はエレベーターを降りた。男が向かう先に、パキスタンの都市の名前を冠した宿屋の看板が見えた。一人残されたエレベーターで、東南アジア・南アジア圏では、あの「鼻しゅっしゅ」は天下の回りものなのか？　ちょっと火を貸すような、ライター気分で貸し借りするものなのか？　と考えた。

未だ解けぬ謎である。

【謎　2】
二十二歳の秋、カンボジアのシェムリアプという町を歩いていた。というのも、その町の郊外にアンコール遺跡なる、素晴らしい遺跡群が点在していたからだ。

背の高い遺跡の階段を散々上り下りして町に戻ってきた私は、アンコール・マッサージを訪れることにした。アンコール・マッサージとは、目の不自由な人たちが施術してくれる、かの地において伝統的なマッサージ法である。

受付を済ませ、ベッドに腰かけ待っていると、壁を手で伝いながら、男性が静かに階段を上ってきた。髪が短く、身体つきは華奢で、顔つきもいたって柔和、さながらお坊さんのような外見の人物だった。男性は私の前に来ると、「荷物があるなら、そこに」と壁際のカゴを指差した。私は「ああ」と出したか出さぬかわからぬほどの声とともに、ベッドから降りて、リュックをカゴに移した。

その間、男性は目を閉じたまま、黙って天井を見上げていた。

私がベッドに戻ると、

「ジャパニーズ？」

と当地でよく耳にする、どこか女性的な声色とともに訊いてきた。

私はびっくりした。なぜなら、私はまだ男性とこれっぽっちも口を利いていなかったからだ。まして、相手に視力はない。どうしてわかるのか、と私は訊ねた。男性は穏やかな笑みを浮かべ、

「Atmosphere（雰囲気）」

と短く答えた。

私は度肝を抜かれた。私が男性に与えたヒントといったら、荷物はそこにと言われたとき、「ああ」と少々そそっかしく身体を動かしたくらいである。それ以外は吐息の一つすら聞かせていない。にもかかわらず、男性はピタリと私の国籍を当てたのだ。

視覚や聴覚が失われると、他の感覚が鋭くなるというが、空気がわずかに揺れる気配から、日本人だと見破るなんて、何だかべらぼうな話だ。だいたい、日本人の「Atmosphere」とはどのようなものなのか?

未だ解けぬ謎である。

【謎 3】

二十三歳の夏、トルコのカッパドキアという町を歩いていた。わけもなく「アッキノコのように、にょきにょきと奇岩が大地より生える様を見て、なんとまあ、キノコのように」……

チョンブリケ」と心で唱え、その地下に穿《うが》たれた居住区の巨大さに、キリスト教徒の執念というのはおそろしいものか、と大いにおののいた。

観光を終えた後、私は隣町のハマムに向かった。

ハマムというのは、トルコ語で公衆浴場という意味を持つ。日本とは異なり、トルコのそれは、蒸し風呂形式である。湿度の低いかの地においては、サウナ、垢すり、然るのち水風呂という流れで、身体の清潔を保つそうだ。何だかおもしろそうなので、私は旅の疲れを癒すべく、ハマム体験と洒落こむことにした。

バス停を降りてほどなく、大きなドーム型の建物が視界に飛びこんできた。それが目指すべきハマムだった。入口でロッカーの鍵を渡され、水着に着替えた。まず、二畳ほどの広さのサウナに案内され、好きなだけいていい、終わったら水風呂に入って、向こうの部屋に行け、と手順を説明された。

もっとも、使い放題はありがたいが、いかんせん私はサウナが苦手である。わざわざ息苦しいところで座って、何が楽しいのかわからない。好きなだけ楽しめと言われても、三分もいると飽きてくる。五分頑張ったのち、もういいや、と切り上げて、私は外に出た。

サウナの外は、優雅な回廊式の建物になっていた。回廊の中央は水風呂となっていて、なかなか広い。ひんやりと冷たい水風呂に入って見上げると、トルコの青い空が広がっていた。露天である。私以外に客はいないのか、ハマムの中はひっそりしている。身体が冷えてきたところで、私は水風呂を出ると、案内の男性が言っていた扉に向かった。

この時点において、私がガイドブックより得ていたハマムに関する知識は、

・男性が垢すりをしてくれるらしい

・水着着用らしい

・日本のような湯船はないらしい

という三点である。

古めかしい扉を開けると、そこはドーム型の屋根の真下にあたる場所だった。広い室内には、大理石張りと思われる、舞台のように床から少し高くなったスペースが広がっていた。手前には台が設置され、青いビキニを着た、年配でかなり恰幅のよい白人女性が横たわり、男に背中の肉をぐるぐるかき回されていた。

部屋に入ってきた私に気がつくと、男は作業を中断して、「女性がいる間は、外で待っていてくれ」と告げた。仕方がないので外に出て、お呼びがかかるまで待つことにした。サウナと水風呂を何度も往復し、三十分が経過した頃、ようやく先の婦人が部屋から現れ、私の番がやってきた。

部屋に私を招いた男は何だか不機嫌そうだった。もっとも、もともと不機嫌そうな顔立ちなのかもしれない。加えて、ずいぶんな大男だった。口髭もぶ厚くいかめしく、さながらイランの英雄アリ・ダエイ（元サッカー・イラン代表）を彷彿とさせた。

男は上半身裸で厚い胸板をさらし、下半身は長いタオルを腰に巻く、といった豪快なスタイルで仁王立ちしていた。胸には縮れた胸毛が渦を巻き、何だかよくわからないが、「ハマムの男」のオーラが存分に出ていた。

「水着を脱げ」

あいさつもそこそこに、男は短く言葉を放った。

「えっ？」

私は思わず素頓狂な声を上げた。というのも、ガイドブックに掲載された情報及び体験談にはいずれも水着着用とあり、そんな裸のお付き合いをする場所という記述はいっさいなかったからである。

で、でも、さっきのおばさん、水着だったじゃない――とうろたえる私に、男は苛々した様子で、

「さっさと水着を脱いで、さっさとそこのシャワーを浴びて、さっさとここに寝ろ」

と次々場所を指差した。男の勢いにおそれをなした私は、さっさと水着を脱ぎ、さっさとシャワーを浴び、さっさと台の上に寝転がった。その間、男はじっと私の動作を険しい表情で見つめていた。

台の上で高い天井を見上げる私は、もちろんフル・モンティである。「モンティ」の意味をご存じない方は、その部分を「チン」に置き換えてくださったら問題ない。タオルもなく、生まれたままの姿で、アリ・ダエイの前に横たわる私。広い室内に男二人、アリ・ダエイと私。何かがおかしいと思う私。すでに何かをあきらめている私。そんな私の前で、男は石鹸を巻いた布をわしゃわしゃと手のなかで膨らませたり、しぼませたりした。すると、布から白い泡が一斉に沸き上がり、男は綿菓子のように膨らんだ泡を

ちぎっては私の胸にのせた。

胸に落とした泡を、男は豪快な手つきで伸ばし、私の身体を洗い始めた。それが気持ちいいのか悪いのか、もはや私には判別がつかない。それよりも何よりも、このまま洗う箇所が下へ下へと移った場合、どうしたって私のデリケートな部分とアリ・ダエイのごつい手が遭遇する瞬間が訪れる、そのXタイムのことが気になって仕方がない。

世界にその名を轟かせる、高名なリラクゼーションを体験しているにもかかわらず、私の身体はもうたいへんな緊張状態である。来るのか、来ないのか？　というか、本当にこれ、ハマムなのか？　だまされてないか？　異論・反論・オブジェクションが、私の脳裏で嵐を巻き起こす。だが、そんな戦々恐々たる私の内面のことなど、かけらも知る様子もなく、男の大きな手が弧を描きながら、胸、上腹、腰と徐々に降りていく。もはや私は生きた心地がしない。怖い。とてつもなく怖い。でも、台から逃げようとは思わない。そんなことしたら相手に失礼ではないか、とこの場に至っても、わけのわからぬ日本人メンタリティが作用する。

そして、とうとうXタイムは訪れた。

「しゅぼ　しゅぼっ」

私のデリケートな部分を、何の断りもなく、男の手が豪快に洗っていった。基底部から天井方向に向け、まさに〝洗い上げ〟ていった。

「オウ！」

　と思わず、間抜けな声を上げてしまった。アリ・ダエイはなぜか薄い笑みを浮かべていた。もう一度、男は「しゅぼ　しゅぼっ」と洗い上げた。その後、男は何事もなかったかのように太ももに移っていく。私は放心して、天井を見つめている。「何なんだ、これ」と心で繰り返しながら。

　表が終わったら、次は裏である。すでに表だけで、私はぐったりである。だが、男に言われるがまま、台の上に腹這いになる。まだまだ油断はできない。後半戦にも難所はやってくる。そう、ヒップである。背中を泡とともに揉みほぐしながら、男の手はずんずん降下してくる。

　すでに「しゅぼ　しゅぼっ」とされたにもかかわらず、私はどこかで相手に甘えを抱いていた。いくらなんでも、ヒップの中央部分には手を出さないだろう、いくら仕事とはいえ、そこを洗うのはさすがに嫌だろう――と。

　だが、甘かった。ちゃんちゃら甘かった。

「しゅわっ」

　ヒップの割れ目を、何かが勢いよく走っていった。

「Ouch!」

　思わず私は叫んだ。激しく海老ぞった。

これまで世界で「Ouch!」を口にした日本人はあまたいよう。だがあのときの私ほど「Ouch!」を上手に発音できた人間はいまい、と断言できる。

何ということだろう。男は右手を手刀のように揃え、それでもってヒップの割れ目を、すさまじいスピードで駆け上がらせたのである。

「しゅわっ」

ふたたび男の手刀がヒップの割れ目を走った。

「Ouch!」

私の声がそれを追うようにドームに響いた。男がふぉふぉふぉとくぐもった笑い声を上げた。「何なんだ、これ」得体の知れぬ敗北感いっぱいに、私はつぶやいた。

十分後、私は誰もいない室内で、熱を帯びた大理石に寝ころび、ぼんやり天井を見上げていた。ドーム部分に開けられた窓から光が差しこみ、立ちこめる蒸気に筋を作っていた。

私の全身をくまなく洗い上げた男は、「好きなだけいていい」と残して、いかにも仕事を終えた満足げな表情とともに消えていった。

大理石の上で大の字になって、私は朦朧とした頭で考えた。今、私が受けた施術は「スタンダード」だったのか？ それとも「スペシャル」だったのか？ 少なくとも、ガイドブックにあった水着着用でここを利用した人間は、決して受けることがなかった施術内容だろう。では、地元のいかついおっさんがやってきても、あのアリ・ダエイは「しゅぼ　しゅぼっ」と豪快に洗い上げ、「しゅわっ」と鋭く尻の間を走らせるのだろうか？

次の客の場合を確かめたかったが、いくら待っても誰も入ってこない。仕方ないので、部屋を出た。宿に戻って、ガイドブックを読み返した。そもそも全裸でハマムに入る、という記述からしてなかった。

あの蒸気が立ちこめる広い室内で、私とアリ・ダエイとの間で繰り広げられた時間、あれはいったい何だったのか。

未だ解けぬ謎である。

遥かなるモンゴル 前編

どこまでも馬鹿な話であるが、私は将来、モンゴル人になりたいと思っていた。幼少のみぎりではない。選挙権を得て、れっきとした成人になってからのことである。世知辛い世の中で汲々《きゅうきゅう》と生きるのならば、自給自足の大草原で大らかに生きようではありませんか。小川のほとりに庵《いおり》を結び、川面の泡を眺めた鴨長明の如く、草原に沈む太陽にたそがれようではありませんか。就職活動を前に、多くの大学生が罹患《りかん》する「無常病」に、類に漏れず私もかぶれたのである。

大学四回生になり、就職活動を始めるも早々に休止、さして理由もなく留年の意志を固めた私は、モンゴルへの憧れに背中を押され、行動を起こした。

とはいえ、いくら大草原のイメージが強かろうとも、モンゴルの玄関ウランバートルは立派な都会である。そこから草原にゲルを構えて住む遊牧民の人々のもとに、どうやってたどり着くことができるのか？　そもそも遊牧民の人々は日々、生活をしている。

遊牧という仕事をしている。そこへ見も知らぬ人間が押しかけるというのは、テレビ番組なら成り立つかもしれないが、普通は決して歓迎されないはずだ。

されど、私はモンゴルに旅立った。

首都ウランバートルから車で三日、馬で二日かけて、シベリア近くまで行き、トナカイの遊牧を生業とする、ツァータンという少数民族のもとで、約十日間生活をともにした。

電気も水も何もない山奥である。タイガと呼ばれる地域。あのタイガ気候のタイガだ。あたり一面、遊牧中のトナカイが群れを成し、そこでときにクマを食べ、ときにリスを食べ、ときにヤマネコを食べ、ときにトナカイを食べて過ごした。

モンゴルで遊牧民生活を体験したくとも、何らツテを持たなかった私が、なにゆえフブスグル湖をさらに西へ、ほとんどロシア国境近くの山奥でトナカイとともに生活するに至ったのか？

ことの始まりはメールだった。

「モンゴルを一人で訪れ、見ず知らずの遊牧民のところで生活がしたいです。つきましては、そのようなことが実際に可能か、ご助言ください」

という内容のメールを、あるモンゴルを扱うサイトの管理人に、ぶしつけにも送りつけたのである。

翌日、さっそく返事がきた。

「それは無理です、不可能です」

ある程度、予想していた答えだっただけに、さして失望はなかったが、メールの最後に妙な一文がくっついていた。

「私の旦那がモンゴルのタイガでシャーマンの研究をしているので、よかったらそれについていきますか?」

何であろう、タイガとは? 何であろう、シャーマンとは? 占い師のことか? 卑弥呼か? そもそも、今どき、そんなものがいるのか? それについていく? いったい、どこへ?

クエスチョンの嵐のなか、私はメールを睨みつけた。しかし、何度読み返しても、何もわからない。

仕方ないので、思いきって管理人の元に電話をかけた。電話に出た管理人の女性に、いただいたメールですが、さっぱり意味がわかりません、と正直に告げた。

すると電話口の女性は、驚くほど明るく「ウハッ、やっぱわかりませんよね」と豪快に笑った。

私はことの次第について、丁寧な説明を受けた。結果、本当にこの管理人のご主人が、モンゴルでシャーマニズムの研究をしており、この夏にフィールドワークを兼ねてタイガに行く、ということが判明した。ちなみに、タイガとは針葉樹林帯のことで、モンゴル語でそのまま「森」を意味する言葉らしい。

「ではメールの内容は、あなたもタイガに行きませんか、ということですか？」

「ええ、そうです」

「私なんかが、いきなり行っていいのでしょうか？」

「いいですよ」

「どこにあるんです、タイガって？」

「首都のウランバートルから車で一日、そこから馬で半日くらいらしいです」

「あなたはそこに行ったことがあるのですか？」

「いえ、ありません。でも、旦那が言うには、楽しいところらしいですよ」

見も知らぬ男に、いきなり旅の誘いをしてくる、見も知らぬ女性。しかも行き先は見たことも聞いたこともない「タイガ」である。私はしばし黙考したのち、おもむろに返答した。

「わかりました。行きます」

どこで誰と何をするのか、大事なことをほとんど理解していないにもかかわらず、私はあっさり旅立ちを決断した。若さとは、何とおそろしいものか。

二カ月後の九月、ビザを取得したのち、私はモンゴルへ飛んだ。

先の女性の言葉とは大きく異なり、実際のタイガはウランバートルから、車で三日、馬で二日かけてたどり着く、とてつもなく遠い場所にあった。草原を貫く未舗装のデコボコ道を、ぐあんぐあん揺れながらオンボロ車でつっ走り、道がなくなった先は、火星のように荒涼とした雪の山岳地帯を馬で踏破した。タイガの奥深く、トナカイがわらわらといる、ツァータンの居住地へたどり着いたのは、ウランバートルを出発して五日後のことだった。

以下は実際にモンゴルで記録した、当時の旅日記からの抜粋である。

九月九日　午前五時、ウランバートルからタイガへ向け出発

「タイガって、いかにも厳しそう。結構、寒いらしい。目指すツァータンはゲルではなく、山中にオルツというテントを建てて生活しているとか。吹雪の中にポツンとテントという絵が浮かぶ。モンゴル語でトナカイのことを『ツァー』と呼ぶらしい。トナカイの遊牧を生業《なりわい》とする少数民族がツァータン。ツァータンの間に今も伝わるシャーマニズムをNさん（先の女性のご主人）は研究している」

九月十日　終日車で移動、道の途中で見知らぬゲルにて宿泊

「モンゴルは乾燥していて、風呂に入らなくていいと思っていたけど、頭かゆい。風呂入りたい。陽が沈むと車の運転は終わり。草原にぽつんと白くたたずむゲルに寄り、泊めてもらう。宿泊施設もない草原で、見知らぬ旅人を泊めることは、モンゴルでは自然な習慣らしい。ゲルの中に明かりはない。室内に一家の人間すべてが揃っているのに、闇のなかで誰も声を発さない。私たち一行がゲルの中に入って、ようやく主人の前に一本のロウソクが灯る。ぼうっと浮き上がる人々の顔。小さな子供が五人、父親の背後で息を潜めてこちらを見つめていた。この暗さ。昔の日本も、当然こうだったのだ。暗いゲルの中で、何色かもわからない飲み物を差し出され、うどんのようなものを食べた。床に寝袋を敷いて寝て、翌朝は朝四時に起きて出発した」

九月十一日　終日車で移動、道の途中の見知らぬゲルにて宿泊

「車つらい。宿を借りたゲルの床で寝るときが一日でいちばん楽しい。夢が見られるから。昨日は松田聖子が出てきた。嫌いだけど、うれしかった。今日は誰が出てくるだろう」

九月十二日　車の移動終了、山に入るための馬を手に入れる交渉で一日つぶれる

「ウランバートルでもお湯が出なかったため、かれこれ五日、風呂に入っていない。身

体を掻いたら、爪の間が黒くなった」

九月十四日　天候が悪化したため、山を越える条件が整わず、一日おいて馬で出発

「普段聞きなれない、私たちのダウンジャケットがこすれる音に怯え、馬が暴れる。草原を出発した途端、Aくん（Nさんの助手）が暴走する馬に振り切られ、二回も首からグニッと地面に打ちつけられ、ものすごい落馬をする。シャレにならぬ。顔面蒼白な私。あれをやられたら、間違いなく、死ぬ」

「みなさん、軒並み落馬。山道を後ろからドドドドと馬が走ってくるので、何事だと振り返ったら、既に主のNさんを振り落とした馬が突っこんでくる。Aくんは耳元で騒ぐ蜂に驚いた馬が暴れ出し、木に激突。私も急斜面で馬が急に暴れ、ナポレオンのような姿勢になるも、何とか落馬せずにこなす。私、意外とやる」

「私の馬が、他の馬より格段に阿呆であることが判明。なまけものの嫌な奴。歩いていても、すぐ立ち止まって草を食おうとする。急な坂道の前で必ず止まる。川の前で引き返す。ハードな局面をすべて避けたがる。私をナメきっていることが、いちばん腹が立つっ」

「モンゴル鞍が、身体に合わない。足首、膝、内太もも、腰、背中、肩、すべてが痛い。休憩で馬から降りても、しばらく立ち上がれない。歩けない。それを見て、モンゴル人

が笑う」

九月十五日　タイガ着

「案内役のモンゴル人たちは、同じ人間とは思えない。マイナスに近い気温なのに、胸の前をはだけて馬に乗る。一頭すらまともに操れず、先頭からだいぶ離される私を尻目に、荷物をいっぱい積んだ馬を三頭操り、さっさと追い抜いていく。熊の足跡だ！　と叫び、銃を持っていきなりどこかへ行ってしまう。全員、視力二〇・〇くらいありそうなほど、異様に素早く前方の出来事を視認する。彼らを見ていると、日本の戦国時代の傭兵を想像する。こんな奴らが本気で戦い合っていたかと思うと、おそろしい。もしも本当にタイムスリップしてしまったら、千葉真一でも秒殺間違いなしだ。何せ生き物としての力が違う」

「身体じゅうの痛みを堪え、やっとのことで馬を進めていると、『もっと早く行けよ』らしきことをモンゴル人のおっさんが言ってくる。『痛くて行けないんじゃ』と日本語で返すと、いきなり私の馬のケツを鞭で叩く。走り出す馬。『痛い、痛い、痛い』と鞍にケツが着地するたび叫ぶ私。『うひゃひゃひゃ』と私の様子を見て、手を叩き大喜びのモンゴル人。ありったけの殺意を抱く」

「五泊六日の道中の末、ようやくタイガのツァータン一家に合流。馬から解放される。

タイガは豊穣な森だった。針葉樹林が生い茂り、地面にはびっしり苔のようなものが敷き詰められ、羽虫がぶんぶんはばたく。いたるところにトナカイがいる。『ぼう』とたまに鳴いている。到着してさっそくオルツと呼ばれるテント作り。それから夕食の用意にまき割り。川まで下りて水汲み、火おこしと寝るまで延々働く」

「ずっと風呂に入っていない。もうどうでもよくなった」

かくして、私が夢にまで見た遊牧民生活が始まった。

遥かなるモンゴル――後編

トナカイをモンゴル語では「ツァー」と呼ぶ。

タイガの地に住むツァータンは、「トナカイを飼う民」という意である。サンタと暮らすトナカイのイメージのとおり、トナカイは寒冷地を好む。夏は冷たい空気を求め、山奥へひっこむ。それに従って、ツァータンの人々も移動する。ゆえに、私たちは麓からずいぶん馬を走らせる羽目になったのだ。

さて、タイガの森に暮らす、白いふかふかとした毛に覆われたトナカイたち。遠目に眺めると、深緑の森にたたずむ妖精と捉えられぬこともない。だが連中、実は底抜けの阿呆なのである。

トナカイの好物は塩だ。ツァータンは塩でトナカイを餌付けする。ツァータンが毎日与える塩欲しさに、トナカイはその場にとどまっているのだ。

ここで私が小用を足さんと、人気ない針葉樹林の根元に立ち止まったとしよう。

それまで、まわりでやる気なく立ち尽くしていた、ウン十頭のトナカイが一斉にこちらを見る。連中は、私が木の前で立ち止まった時点でピンと来ている。私がジーンズのベルトを外し始めたときには、すでにこちらに向かって、のっしのっしと動き始めている。

連中の監視の目はいたるところに張り巡らされ、この森でトナカイたちの視界に触れず、用を済ますことは不可能だ。タイガの豊饒なる大地に、私がジョロロと尿を放出し始めた頃には、すでに近寄ってきた三頭のトナカイに左右をがっちり固められている。連中はかわるがわる、顔を差し出し、恍惚の表情で黄色い液体をその横っ面に受け止める。その様子を、もはやあきらめの表情で私は見下ろしている。

そう、「塩」中毒患者の連中は、小便に含まれる塩分さえも「たまらん」のである。これが「大」になると、木陰に座りこんだ私のまわりを、十頭ものトナカイが取り囲む。股の下からにゅっと顔がのぞく。とてもじゃないが、落ち着いて用を済ますことなどできやしない。

人間にとって、もっとも豊かな生活――それは自給自足の生活、などと知った口を叩き、モンゴルへ飛んだ私。

晴耕雨読。緑に囲まれ、心穏やかに、心健やかに、風雅で優雅なエコ生活を送ろうと夢見て、モンゴルを目指した私。

愚かであった。あまりに愚かであった。

実際にモンゴルの地に渡り、私がしたことは、観光でもなく、旅行でもない。労働だった。

淡々と一日中働いた。何のため？　食べるためである。

朝、起きる。朝食を食べなければならない。気温はマイナス近いテントの中で火をおこす。お湯を沸かして、調理する。食材はウランバートルの市場でしこたま買って、馬に積んできた。肉類は、タイガでは手に入らない小麦粉や砂糖と交換に、ツァータンから分けてもらう。ツァータンはその肉を狩猟によって手に入れる。雪が降ると、ツァータンは背中に銃を背負い、トナカイに乗って狩りに出かけた。動物の足跡が雪に残るからだ。雪の向こうにゆらゆら揺れながら消えていく、白いトナカイに乗ったツァータンたち。ほとんど、この世の眺めではなかった。

朝食を終えると、次は昼食の準備だ。川で水を汲み、燃料となる薪を割る。切り倒され、乾かされている太い丸太を、ノコギリで四十センチほどに切り出し、斧でぽこんぽこんと割っていく。

されども、こちらはどこまでも無能な日本人である。なかなかノコギリを上手に扱えず、斧を真下に振り下ろせない。そのうち、最初はニコニコして見ていた、中学生くらいのツァータンの少女たちに、

「ああ、チンタラ鬱陶しい。見てられんわ！」

と怒った顔でノコギリを奪われ、

「こうやるの、わかる？」

と手本を示される体たらくである。

昼飯を終えると、また薪割りだ。水を汲みがてら、子供たちにこの木の傷はクマの爪痕だ、などと教えてもらっているうち、すぐに夕食の準備の時間が訪れる。

もちろん電気は通っていないので、空に太陽が出ている間が人間の活動時間だ。日照時間のうち、三時間はメシを食べ、三時間は調理し、二時間は薪を割って、水を汲む。ほとんどの時間をメシのために使っている計算になる。ときどき遠出して、ユリ根を掘りに行ったり、ジャムを作ろうとベリー類を集めに向かったりするので、さらにメシ関連時間は増加する。

それにしても、肉体労働のあとのメシはどうしてあんなにウマいのか。材料は限られているのに、信じられないくらいウマい。食べ終わるとすぐに腹が減る。腹が減るから、次の食事の準備のためにまた薪を割る。ついでに子供と遊ぶ。

モンゴル語が話せない私は、昼間ツァータンのテントで塩味のミルクティーを飲みながら、大人たちと四方山《よもやま》話にふける、ということもできないので、もっぱら七、八人はいる子供たちの相手をさせられた。

いつになっても終わらぬ鬼ごっこ、リスを犬が捕まえてくると全員で皮剝ぎショー、夜はロウソクを灯してお絵かき教室、モンゴル語レッスン。自分一人でゆっくり思索に耽《ふけ》る時間など、どこにもない。

タイガにやってきて数日が経った昼下がり、私はハタと気がついた。

自給自足とは何もしないでよい生活ではない。

常に身体を動かし、始終何かをし続けなければならない生活なのである。しかも、私たちは食材を買ってきているため、実際は何ら自給自足ではない。これで遊牧の仕事が入ったら、遊ぶ時間すらなくなるだろう。

少しだけ古い時代の生活に戻り、私はようやく理解した。

非力な者も、病気がちの者も、動物を扱うことが苦手な者も、農作業が苦手な者も、個体間に現れる偏差を最小限に抑え、誰でもとりあえずはそこそこの生活水準を保ち、そこそこの余暇を得ることができるよう、我々のご祖先はせっせと現在の社会を構築してきたのだ。そのご先祖様の成果を否定し、自分探しだ何だとうつつを抜かす私は、何というたわけ者か。

そもそも私たちは、今いる社会のなかでしか生きられない。およそ十日間のタイガでの生活を通じ、私が思い知らされたのは、モンゴル人との絶望的な生活力の差だった。人間としての生存力の違い、と言ってもいい。モンゴル人になりたい、などという、日本で抱いていたふやけた願望は、木っ端微塵に砕け散った。そんな考えを持っていたこと自体が恥ずかしかった。

お世話になったツァータンの家族とお別れして、タイガを旅立つ朝、正直に言って、別れの悲しさより、これから自分の場所に帰ることへのうれしさのほうが強かった。空も山も森も、タイガという土地の美しさにはとてつもないものがあったが、やはり日本に帰れるという安堵感が勝った。

すなわち、私はモンゴルという土地に完敗を喫したのだ。

今でも、「モンゴルでの草原の生活に憧れます」といったコメントを旅雑誌などで見かけると、複雑な気持ちになる。まるで、昔の自分を責められているようで、たいへんバツが悪い。

かつて、私が抱いたモンゴルへの憧れの底には、その雄大な大草原の景色を背景とした、

「何だか生きやすそう」

といった身勝手なイメージがあったように思う。だが、実際の遊牧民の暮らしはたいへん生きにくいし、すこぶる腹も減る。さらに言うなら、日本人は遊牧民のなかでは「生きられない」。何の仕事もできないからである。

モンゴルから帰国した私は、二度と遊牧民になろうなんて思い上がった願望を抱くことはなくなった。もはや私にとってモンゴルは憧れではなくなっていた。なぜなら、私は知ってしまったからだ。

憧れは憧れのままにしまっておくほうがいい、という言葉は確かに真実なのかもしれない。

だが一方で、私はモンゴルで出会ったトナカイから、重大な真実を授けられ、日本に持ち帰ってきた。

タイガの地で日々、トナカイに囲まれながら、私はこの小便好きな動物が今にもしゃべりだしそうな気がしてならなかった。どこまでもボーッとして、実際何も考えていないらしいが、そのがらんどうの瞳は、逆にすべてを見通しているかに思えた。

「知ってますぜ。本当はしゃべるんでしょう、あなた」

ある日、私は小用を済ませながらトナカイに語りかけた。普段は〝ぼう〟としか話さないはずの連中が、小便を横面に浴びながら、このときいかなる反応を示したかは、私とトナカイだけの秘密である。

かの地でトナカイは、神の使いと言われていた。不思議なことに、日本にも同じく、神の使いと言われている、トナカイに似た生き物がいた。

あのとき、タイガの森でトナカイが授けてくれた真実を、七年後、私はその生き物に置き換え、一冊の本を書いた。

かつて私が抱いたモンゴルへの憧れは、風に乗って、ずいぶん形を変えて戻ってきたのである。

かの「あをによし」の地を目指して。

あとがき

小さなことからコツコツと。

とはご存知西川きよしの名言であるが、まあ、世の中とは得てしてそういうものだなあ、と近頃ようやく思えるようになった。

どんなことも積み重ねが大事であり、無駄に終わる経験など何一つないのだ、と近頃ようやくわかるようになった。

例えば、大学生のとき、下宿の窓を閉めようとしたら、網戸に黒いものが貼りついていた。あ、何かいるぞ、と気づいたときにはすでに、右手が窓を閉める動作に入っていた。さらに気づいたときには、驚いて網戸から飛び立った黒いものが、眉間にガツンと衝突していた。

その瞬間から、私はゴキブリに対して、決定的な敵愾心《てきがい》を抱くようになったのだが、その敵愾心を思うままに綴ってみたら、たいそうみなさんの評判がよかった。なるほど、あのとき眉間に受けたG―ショックは、決して無駄には終わらなかったのである。

例えば、中学生のとき、どの班が放課後の掃除をするか、ということで散々揉めたことがあった。はじめは生徒の自主性に委ねていた担任の教師も、一時間経っても終わらぬ学級会議に業を煮やし、「じゃあ、今日は一班が掃除をやれ」とついには強権を発動するに至った。

その決定が不服で、また生徒たちが揉め始めたとき、普段は無口な男がいきなり立ち上がり、

「お前ら、先生の言うことにハムかうんやったら肉屋行けッ」

と叫んだ。

一瞬、何を言ってるのかわからずシンとした教室だったが、男の言葉に隠された高度なユーモアに気づいた途端、どよめきが起きた。殺伐とした教室の雰囲気は一掃され、一班の連中の間には、「まあ、一日くらい掃除してもいっか」という、不思議な親和ムードが生まれたのである。

このとき、一班のメンバーだった私は、ユーモアがもたらす絶大な効果に心打たれた。なるほど、あたら無駄に時間を浪費しているだけに思えた学級会議は、ユーモアの大切さを教えてくれる偉大な教師となったのである。

阿呆な話を重ねていくことが、果たして役に立つのかどうかはわからない。

だが、これまでの出来事同様、きっと無駄にはならないだろうと思って、私はまたぞろ阿呆な話を紡ぎ出す。

それは万歩計の目盛りを一つずつ増やす作業にどこか似ている。

少し歩いたくらいじゃ、確かに何の意味もないのかもしれない。だが、目盛りの数字が増えるのを見るのは不思議と心楽しい。それと同じ気持ちでまた一編、私はエッセイを書く。

風が吹こうと吹くまいと、今はもうエッセイを書く。

二〇〇八年　三月

万城目学

文庫版あとがき
その後の万歩計

単行本が文庫本になるとき、作者は何もせず、かつて書いたもののサイズが勝手に小さくなっていくのをただ見守っていればいいのかというと、決してそうではなく、編集者のチェックが入った原稿を渡され、ちゃんと一から読み直さなければいけない。

この『ザ・万歩計』に収録されたエッセイは、その大半が二〇〇七年に書かれたものので、さすがに三年の歳月が経つと、読み返してみても「ああ、こんなこともあったなあ」と懐かしく感じるものもあれば、「もう三年も経ったのか」と驚くものもある。

かと思えば、少しずつかたちを変えて今なお進行中であることに改めて気づかされるものもあって、たとえば、「壊れかけのＲａｄｉｏ局」という一編。去年、私はこのラジオ局にとうとうメールを送った。

朝まで執筆するも、ちっともはかどらずくさくさしていると、つけっ放しにしていたラジオから、いつにも増して噛みに噛みまくる女性の新聞記事紹介の声が聞こえてきた。

それまで六年以上にわたり、隠忍自重のスタンスを貫き、紳士的なリスナーであり続けていた私の堪忍袋の緒がこのとき突如、ぷっつんと切れた。

私はやおらパソコンに向かった。なるべく相手を傷つけぬよう、腹を立てさせぬよう、最大限言葉の表現に気をつけながら、それでもこちらの言いたいことを全部つめこんで、すなわち、

「なぜ、六年も嚙み続けられるのか？　オリンピックもゆうに二回終わりましたがな」

という内容をメールにてストレートにぶつけてみた。

翌日、パソコンを開くと、なんとラジオ局から返事がきていた。

「ご指摘の問題につきましては、現在様々なトレーニングプログラムを組み、アナウンス技術の向上に日々、取り組んでおります。今後とも、ご愛顧のほどよろしくお願いします。」

という文面は丁重なれど、要は現状維持で行きますんで、という意思表明がそこに記されていた。

今も私はこの局の放送を聴きながら、毎夜執筆に励んでいる。ちなみに一年経っても、トレーニングプログラムの成果は見受けられない。相も変わらず嚙んでいる。それでも、私は穏健で紳士的なリスナーであり続けている。近ごろ、局のマスコットキャラクターの愛称を募集している、という知らせを聴いた。まだ、実物を見ていないが、女キャラ

なら「カミ子」、男キャラなら「カミ王」で応募しようと本気で考えている。

さらに、他の進行形の事象にも目を移してみる。何といっても「篤史　My　Love」である。

この一編がきっかけとなり、月刊誌での連載が始まった。「今月の渡辺篤史」というタイトルで、「建もの探訪」をひたすら定点観測し、感じたところを書くというマニアックにもほどがあるコンセプトのもと、一年間にわたりエッセイを書いた（『ザ・万遊記』に収録）。さらには、「建もの探訪」放送二十周年を記念した特集本『渡辺篤史の建もの探訪BOOK』に寄稿までした。このとき、書籍編集の方に、

「収録風景をじかに観ることもできますよ」

と誘われたが、断腸の思いでお断りした。

私にとって篤史はスターである。「見たい、聞きたい、知りたい」というミーハー心は騒ぎに騒げども、やはり篤史はテレビ画面の向こうでずっと手の届かぬスターであり続けてほしい。おかげでもって、未だ醒めぬ篤史熱を胸に、今週ももちろん、私は「建もの探訪」を視聴する。いつか、個人宅探訪から飛び出して、重要文化財に指定されるような名建築を探訪する「渡辺篤史の建もの探訪　ザ・ムービー」を作ってくれないか、と本気で願っている。必ず三度は観に行く。

「御器齧り戦記」については、階下のテナントが飲食店だらけだった雑居ビルを脱出し

たので、連中との遭遇率は一気に低下した。しかし、去年の夏に越したばかりの家にも、律儀に奴は宣戦布告のあいさつにやってきた。ちょうど、ガスコンロに置いたフライパンを持ち上げたら奴がいた。炎が出る部分に向け、四方から突き出した鉄のゴトク部分の先端に乗っかって、まるで劇団四季の『ライオンキング』のように勇ましく上体を反らし、「パオーン」とばかりに長い触角を持ち上げていた。

悲鳴とともにゴキジェットプロを取りに走り、劇中なら最高に気持ちよく歌っている最中であろうところへ、盛大にぶっぱなした。

奴との戦いは、これからも、まさしくお互いが死ぬまで続くだろう。

最後に、冒頭の「発想飛び」のその後をお伝えしたい。

去年の二月、私は最優秀賞の証として漢字ドリルをプレゼントしてくれた先生と再会した。雑誌の特集取材の一環で母校を訪ね、高校卒業以来、十六年ぶりに先生の声を聞いた（「野性時代」二〇〇九年五月号に収録）。

私が通っていた頃は男子校だった母校も、今や共学に変わり、「『技術』の時間」を過ごした農園もなくなり、もしも「木曜五限　地理公民」みたいなことをやらかした日には、かつての「栄光の道」ではなく、過酷なる「いばらの道」が待ち受けていること間違いなしと予想された。時代は確実に遷《うつ》りゆくのである。

すっかりきれいに建て替えられた図書館にて、変わったといえば変わったし、同じと

いえば同じに見える先生を前に昔語りをした。「発想飛び」の話になると先生は、

「万城目君に賞をあげたことは覚えてないけどね」

と男前に断言しておられた。

だが、それでいいのである。教師はいろいろなものを生徒にぶつける。それを拾うか、かわすか、打ち返すかは生徒次第だ。ちなみに私は何気なしに拾ってから五年が経ったある日、自転車に乗っている最中、唐突に空に向かって打ち返そうと思い立った口である。

先生とはその後も、手紙のやり取りをしている。私に娘が生まれたときには、自作の短歌を贈ってくれた。お礼にと私は図書館用に自著を贈った。いつか体育館で生徒たちに講演会をしてよ、という先生からの依頼にはのらりくらりと逃げている。

万歩計の目盛りは、今日もカチカチ、控えめながらもカウントを続けている。

その音が聞こえてくる限り、これからも私はエッセイを書き続ける。

二〇一〇年　七月

万城目学

初出一覧

愛しのビリー　「小説すばる」2006年10月号/集英社　「ビリー　My Love」改題
兄貴　「野性時代」2007年11月号/角川書店
Kids Return　「小説現代」2007年1月号/講談社　「思い出の映画–Kids Return」改題
夜明け前　「FICTION ZERO/NARRATIVE ZERO」2007年8月1日刊/講談社
赤い疑惑　「別冊文藝春秋」2006年11月号/文藝春秋　「赤い疑惑とトイレ本」改題
吐息でホルモー　「週刊読書人」2007年6月29日号/週刊読書人
シェイクスピアにはなれません　「新刊ニュース」2007年10月号/トーハン
木曜五限　地理公民　「本が好き!」2007年7月号/光文社
釣りと読書　「読書のいずみ」NO.113冬号/全国大学生活協同組合連合会
高みをめざす　「yom yom」2007年10月号Vol.4/新潮社
っち　「asta*」2008年1月号/ポプラ社
「暑い」と言わない　時事通信社2007年夏配信
都大路で立ちこいで　「フラウ」2007年8月号/講談社

出典のないものはすべてBoiled Eggs Online「どうにも止まらぬ万歩計」
(http://www.boiledeggs.com　2007年1月7日〜12月10日)に掲載

「万歩計」は登録商標です。書名に使用することについて、並びに文庫化に際して、
山佐時計計器株式会社の許諾を得ています。

単行本

「ザ・万歩計」　2008年　産業編集センターより刊行

本書の無断複写は著作権法上での例外を除き禁じられています。
また、私的使用以外のいかなる電子的複製行為も一切認められておりません。

文春文庫

ザ・万《まん》歩《ぽ》計《けい》

定価はカバーに
表示してあります

2010年7月10日　第1刷
2024年4月25日　第6刷

著　者　万城目《まきめ》　学《まなぶ》
発行者　大沼貴之
発行所　株式会社　文藝春秋

東京都千代田区紀尾井町 3-23　〒102-8008
TEL　03・3265・1211(代)
文藝春秋ホームページ　http://www.bunshun.co.jp

落丁、乱丁本は、お手数ですが小社製作部宛お送り下さい。送料小社負担でお取替致します。

印刷・TOPPAN　製本・加藤製本　Printed in Japan
ISBN978-4-16-778801-8

（　）内は解説者。品切の節はご容赦下さい。

堀江貴文
刑務所わず。
塀の中では言えないホントの話
「ほんのちょっと人生の歯車が狂うだけで入ってしまうような所」これが刑務所生活を経た著者の実感。塀の中を鋭く切り取るシリーズ完結篇。検閲なし、全部暴露します！　（村木厚子）
ほ-20-2

万城目《まきめ》　学
ザ・万歩計
大阪で阿呆の薫陶を受け、作家を目指して東京へ。『鴨川ホルモー』で無職を脱するも、滑舌最悪のラジオに執筆を阻まれ、謎の名曲を夢想したりの作家生活。思わず吹き出す奇才のエッセイ。
ま-24-1

万城目　学
ザ・万字固め
熱き瓢箪愛、ブラジルW杯観戦記、敬愛する車谷長吉追悼、東京電力株主総会リポートなど奇才作家の縦横無尽な魅力満載のエッセイ集。綿矢りさ、森見登美彦両氏との特別鼎談も収録。
ま-24-4

万城目　学
べらぼうくん
居心地よい京都を抜け、就職後も小説家を目指し無職に。浪人時代からデビューまでの、うまくいかない日々を軽妙に綴る。万城目ワールド誕生前夜、極上の青春記。　（浅倉秋成）
ま-24-7

三島由紀夫
行動学入門
行動は肉体の芸術である。にもかかわらず行動を忘れ、弁舌だけが横行する風潮を憂えて、男としての爽快な生き方のモデルを示したエッセイ集。死の直前に刊行された。　（虫明亜呂無）
み-4-1

三島由紀夫
若きサムライのために
青春について、信義について、肉体について……わかりやすく、そして挑発的に語る三島の肉声。死後三十余年を経ていよいよ新鮮！　若者よ、さあ奮い立て！　（福田和也）
み-4-2

みうらじゅん
されど人生エロエロ
ある時はイメクラで社長プレイに挑戦し、ある時は「ゆるキャラの中の人」とハッピを着た付添人の不倫関係を妄想し……。『週刊文春』の人気連載、文庫化第2弾！　（対談・酒井順子）
み-23-5

みうらじゅん
ひみつのダイアリー
昭和の甘酸っぱい思い出から自らの老いやVRに驚く令和の最新エロ事情まで。「週刊文春」人気連載を文庫オリジナルで一気に百本大放出。有働由美子さんとの対談も収録。

み-23-8

向田邦子
女の人差し指
脚本家デビューのきっかけを綴った話、妹と営んだ「ままや」の開店模様、世界各地の旅の想い出、急逝により絶筆となった「週刊文春」最後の連載などをまとめた傑作エッセイ集。（北川　信）
む-1-23

向田邦子
霊長類ヒト科動物図鑑
「到らぬ人間の到らぬドラマが好きだった」という著者が、電話口で突如様変わりする女の声変わりなど、すぐれた人間観察で人々の素顔を捉えた、傑作揃いのエッセイ集。（吉田篤弘）
む-1-26

向田邦子
無名仮名人名簿
世の中は「無名」の人々がおもしろい。日常の中で普通の人々が覗かせた意外な一面を、鋭くも温かい観察眼とユーモアで綴る。笑いながら涙する不朽の名エッセイ集。（篠﨑絵里子）
む-1-27

群　ようこ
よれよれ肉体百科
身体は段々と意のままにならなくなってくる。更年期になって味覚が鈍っても、自然に受け入れてアンチエイジングにアンチでいよう！　身体各部56カ所についての抱腹絶倒エッセイ。

む-4-15

群　ようこ
ネコの住所録
幼い頃から生き物と共に暮らしてきた著者。噂話をする度に耳をそばだてる婆さん猫など、鋭い観察眼で彼らのしたたかさを見抜くが、そこには深い愛情があった。抱腹絶倒のエッセイ。

む-4-16

村上春樹
意味がなければスイングはない
待望の、著者初の本格的音楽エッセイ。シューベルトのピアノ・ソナタからジャズの巨星にJポップまで、磨き抜かれた達意の文章で、しかもあふれるばかりの愛情をもって語り尽くされる。

む-5-9

本の話

読者と作家を結ぶリボンのようなウェブメディア

文藝春秋の新刊案内と既刊の情報、
ここでしか読めない著者インタビューや書評、
注目のイベントや映像化のお知らせ、
芥川賞・直木賞をはじめ文学賞の話題など、
本好きのためのコンテンツが盛りだくさん！

https://books.bunshun.jp/

文春文庫の最新ニュースも
いち早くお届け♪

文春文庫のぶんこアラ